LE SECRET DE LA CHAMBRE NOIRE

DANS LA MÊME COLLECTION :

N° 1 — HIGGINS MÈNE L'ENQUÊTE
N° 2 — MEURTRE AU BRITISH MUSEUM
N° 3 — LE SECRET DES MAC GORDON
N° 4 — CRIME À LINDENBOURNE
N° 5 — L'ASSASSIN DE LA TOUR DE LONDRES
N° 6 — LES TROIS CRIMES DE NOËL
N° 7 — MEURTRE À CAMBRIDGE
N° 8 — MEURTRE CHEZ LES DRUIDES
N° 9 — MEURTRE À QUATRE MAINS
N° 10 — LE MYSTÈRE DE KENSINGTON
N° 11 — QUI A TUÉ SIR CHARLES ?
N° 12 — MEURTRES AU TOUQUET
N° 13 — LE RETOUR DE JACK L'ÉVENTREUR
N° 14 — MEURTRE CHEZ UN ÉDITEUR
N° 15 — MEURTRE DANS LE VIEUX NICE
N° 16 — QUATRE FEMMES POUR UN MEURTRE

AUX ÉDITIONS DU ROCHER :

MEURTRE AU BRITISH MUSEUM
LE SECRET DES MAC GORDON
CRIME À LINDENBOURNE
L'ASSASSIN DE LA TOUR DE LONDRES
LES TROIS CRIMES DE NOËL
MEURTRE À CAMBRIDGE
MEURTRE CHEZ LES DRUIDES
MEURTRE À QUATRE MAINS
LE MYSTÈRE DE KENSINGTON
QUI A TUÉ SIR CHARLES ?
MEURTRES AU TOUQUET
LE RETOUR DE JACK L'ÉVENTREUR
MEURTRE CHEZ UN ÉDITEUR
HIGGINS MÈNE L'ENQUÊTE
MEURTRE DANS LE VIEUX NICE
QUATRE FEMMES POUR UN MEURTRE
LE SECRET DE LA CHAMBRE NOIRE
MEURTRE SUR INVITATION
NOCES MORTELLES À AIX-EN-PROVENCE
LES DISPARUS DU LOCH NESS

J.B. LIVINGSTONE

LE SECRET DE LA CHAMBRE NOIRE

EDITIONS GERARD DE VILLIERS

ISBN 2-7386-0293-2

CHAPITRE PREMIER

Ce matin-là, le superintendant Scott Marlow était d'une humeur massacrante. Croulant sous le poids de dossiers administratifs qui s'accumulaient jour après jour, il devait rédiger quantité de notes de service concernant le respect réglementaire du *tea-time*, l'abus des communications privées et la consommation excessive de blocs-notes. La police moderne progressait à grand-peine, même à Scotland Yard.

Ventripotent, le front un peu trop bas, le teint rougeaud, le menton volontaire, le superintendant ne lésinait pas sur la conscience professionnelle ; il passait le plus clair de son temps au bureau et n'hésitait pas à dormir sur le canapé calé entre l'ordinateur et l'armoire de rangement. En dépit des avancées technologiques, le crime ne reculait pas aussi vite que Marlow l'aurait espéré ; les assassins prenaient même un malin plaisir à emprunter des chemins détournés où les enquêteurs scientifiques ne les attendaient pas.

A ces graves soucis s'ajoutait un inquiétant conflit avec son supérieur hiérarchique direct, un carriériste intransigeant et buté. Marlow avait trop de doigté pour le heurter de front et compromettre son avancement; ne rêvait-il pas, depuis son entrée à Scotland Yard, d'appartenir un jour au corps de protection rapprochée de la reine Élisabeth II, la plus belle femme du monde? Le différend portait sur un point essentiel : la hauteur des chaises par rapport à la taille de leurs occupants et du rebord de leur plan de travail. Luttant contre l'uniformité, Marlow suggérait au moins trois modèles que refusait obstinément son supérieur. Une âpre bataille de rapports et de contre-rapports durait depuis plus d'un mois et s'annonçait aussi longue qu'impitoyable.

La reine, précisément, faisait la une de l'actualité. Tous les journaux parlaient de l'extraordinaire héritage dont venaient de bénéficier ses célèbres corgies, les chiens de Sa Majesté : un vaste domaine campagnard au cœur duquel trônait une grande demeure, portant le nom de Black House. Depuis 1933, cette charmante race de canidés, au caractère un peu irascible, jouissait des faveurs de la souveraine et participait au rituel quotidien du palais. Souvent calomniés par la presse à scandale et quelques irresponsables assez audacieux pour critiquer la Couronne et remettre en cause son existence, les corgies répondaient par une indifférence polie seyant à leur rang.

D'intenses débats juridiques avaient opposé les meilleurs avocats du royaume; les plus réactionnaires se rendaient à l'évidence : les corgies étaient de légitimes héritiers parfaitement aptes à gérer un domaine seigneurial. Si ces braves bêtes avaient pu faire circuler une pétition en leur faveur — et dans la mesure où il n'aurait pas appartenu à Scotland Yard —, Marlow l'aurait signée ; avec un dévouement digne de tous les éloges, la reine entretenait personnellement ses chiens, soucieuse de leur bien-être.

Le testateur n'était autre qu'un personnage hors du commun, Sir Timothy Robbins, l'une de ces grandes figures de la vieille Angleterre, excellent cavalier, grand voyageur, habile joueur de tennis, de golf et de cricket, capable de tenir une conversation sur n'importe quel sujet et de vivre aisément de ses rentes sans travailler. Peu mondain, mais reçu dans les meilleurs cercles, il était lié à la famille royale par une branche tortueuse remontant en vrille jusqu'aux Croisades. Ainsi s'expliquaient sans doute ses dernières volontés.

Deux ans... deux ans de procédure pour attribuer leur dû aux corgies ! Marlow n'était pas hostile à la loi mais la jugeait bien lente, surtout dans le cas de chiens royaux à l'existence trop brève ; restait à savoir si les corgies séjourneraient l'été à Black House ou s'ils se contenteraient de quelques week-ends.

Le planton posa sur le bureau du superintendant une pile de lettres. Il repoussa les factures, les publicités, les dénonciations et la lettre hebdomadaire révélant la véritable identité de Jack l'Éventreur.

Une missive, cachetée à la cire, attira son attention. Intrigué, il la soupesa, la retourna et la plaça sous une lampe. L'étrange document lui brûlait les doigts. Énervé, il décacheta. Le texte le laissa sans voix.

Moi, Timothy Robbins, sain de corps et d'esprit, propriétaire du domaine de Black House, déclare renoncer à mon précédent testament en faveur des corgies de la reine. Que ces chiens deviennent les nouveaux maîtres de ma demeure irait contre ma probité et offenserait mon âme. Je compte sur le sérieux du superintendant Marlow pour authentifier mon écriture, mes empreintes et faire respecter mes dernières volontés.

« Mauvaise plaisanterie », songea aussitôt Scott Marlow, troublé par la présence d'un sceau qui servait de signature.

⁂

Les résultats ne laissaient subsister aucun doute : le document était authentique. Il devenait le seul testament valable de Sir Timothy.

En proie à une angoisse qui l'empêchait de raisonner, Marlow suivit la voie diplomatique aboutissant au secrétariat de la Couronne. Comme il le redoutait, la réaction des corgies de la reine fut brutale et hostile ; ils n'entendaient pas renoncer à leur héritage et considéraient comme un faux le document produit par le Yard. Une indiscrétion, due à une erreur administrative, provoqua l'intervention d'un avocat anticanin, bien décidé à contrecarrer la folie d'un Robbins, fût-il décédé. A ce nouvel affrontement dont Marlow risquait d'être reconnu responsable s'ajoutait un flou intolérable : pourquoi le défunt n'avait-il pas désigné d'autre héritier ?

En moins d'une semaine, la situation devint

infernale : un scandale chargé d'opprobre menaçait Sa Majesté. Cette fois, personne ne pourrait sauver Scott Marlow de l'abîme qui le guettait.

Personne, sauf Higgins.

CHAPITRE II

Higgins hésita entre l'eau de toilette *Tradition chèvrefeuille* de chez Creed et la *Mille fleurs* de chez Crabtree & Evelyn. Il aimait la délicatesse et le caractère aristocratique de la première et la fine senteur ambrée de la seconde; en raison de l'importance de cette journée, il fixa son choix sur l'admirable *Jubilee Bouquet* de chez Penhilagon, célèbre à cause de son odeur de feuille de noyer. Sur chaque flacon, une couronne rappelait que cette eau de toilette, à l'élégance universellement reconnue, avait été créée pour fêter le couronnement de Sa Majesté Élisabeth II.

Ex-inspecteur-chef de Scoltand Yard, Higgins avait délibérément opté pour une retraite anticipée consacrée à la relecture des grands auteurs, à la culture des roses et aux longues promenades solitaires dans la forêt sous une pluie douce et régulière. Il jouissait enfin de sa demeure sise à The Slaughterers, dans le Gloucestershire, près de la petite rivière Eye, loin du monde et du bruit. Souvent, il méditait devant l'admirable façade, le porche aux deux colonnes, les fenêtres XVIIIe à petits carreaux rythmant deux étages disposés en fonction du Nombre d'or ; des chênes centenaires, puissants et rassurants, environnaient ce « cottage », selon l'expression modeste de Higgins.

De taille moyenne, les cheveux noirs et les tempes grisonnantes, la lèvre supérieure ornée d'une moustache poivre et sel, l'ex-inspecteur-chef avait un air débonnaire ; un œil malicieux et très vif contredisait la lenteur apparente des gestes et le caractère posé de la démarche. Bien des criminels l'avaient jugé inoffensif ; bien des suspects s'étaient confiés à lui, certains de trouver un confesseur compréhensif et indulgent. Sans illusions sur l'espèce humaine, dépourvu d'ambition pour lui-même, Higgins connaissait une paix de l'âme dont lui avaient tant parlé ses premiers éducateurs, en Orient.

Ce matin-là, le temps était superbe : brouillard étendu en longues écharpes blanches, pluie en rideau de perles, température ne dépassant pas les dix degrés. La journée s'annonçait typiquement britannique, avec cette once de distinction nuageuse que ne possédait aucun autre pays. Vêtu d'un cardigan en shetland aux boutons armoriés, d'une chemise en cachemire sur mesure et d'un pantalon en flanelle grise, Higgins pénétra à pas feutrés dans le grand salon et réanima le feu dans la cheminée. Il tendit l'oreille, sachant que la gouvernante, Mary, était aux aguets.

A soixante-dix ans, elle possédait toujours bon pied bon œil ; deux guerres mondiales n'avaient pas entamé une inépuisable énergie et une mentalité proche de l'anarchie. Bien qu'elle crût en l'Angleterre et en Dieu, Mary affichait son mépris à l'égard des policiers qu'elle ne distinguait pas nettement des bandits de grands chemins. Aussi Higgins et elle avaient-ils conclu un pacte de non-agression, chacun demeurant autonome dans son territoire. Adepte inconditionnelle du progrès, Mary vouait un culte à des instruments barbares comme le téléphone, lisait des publications de mauvais goût, tel *The Sun*, et se repaissait de la relation d'événements sordides où la morale ne trouvait guère son compte.

Né sous le signe du chat selon l'astrologie orientale, Higgins voyait dans les ténèbres et se déplaçait sans faire de bruit. Il marcha sur le moelleux tapis d'Iran, passa devant la table basse en bois de santal rapportée des Indes, déplaça doucement le fauteuil en bois d'ébène aux accoudoirs taillés en forme de caractères chinois et ouvrit la porte du bar aménagé dans la souche d'un vieux chêne, placée entre deux grandes bibliothèques où, réunis pour l'éternité, se côtoyaient les bons auteurs.

Avec le respect dû aux chefs-d'œuvre, Higgins sortit une bouteille de dom pérignon de vingt ans d'âge. Fraîche mais non glacée, la bouteille au ventre confortable et à l'étiquette en forme d'écu promettait d'inoubliables moments. D'une poigne sûre, l'ex-inspecteur-chef ôta le bouchon et versa dans une flûte en cristal le liquide doré à la saveur de miel et d'églantine; puis il répandit un peu de champagne sur un lapin au thym, qu'il avait lui-même préparé, et posa l'assiette au pied de la cheminée.

Jaillissant d'un fauteuil, un superbe siamois aux yeux bleus se précipita sur le festin.

— A ton anniversaire, Trafalgar! déclara Higgins en levant sa flûte.

Lors de bien des enquêtes, le chat s'était révélé un auxiliaire précieux, dialoguant avec l'homme du Yard et l'aidant à mieux percevoir des aspects mystérieux où seul le regard d'un félin pouvait jeter de la lumière; agissant à la manière d'un vieil alchimiste, l'ex-inspecteur-chef ne manquait pas de faire appel à l'instinct du siamois qui outrepassait les bornes de l'apparence.

Un point intriguait Higgins : pourquoi dévorait-il si vite les nourritures qu'il attendait pendant des heures, avec tant d'impatience? Bien qu'il eût tenté de le raisonner à plusieurs reprises, il n'avait obtenu aucun résultat notable. Trafalgar restait aussi gourmet que gourmand; ce léger défaut mis à part, il se comportait en véritable compagnon de route : authentique, secret et convivial.

A cheval sur les convenances, Trafalgar tenait à ce que son anniversaire fût célébré avec faste; aussi ne rechigna-t-il pas quand Higgins lui offrit, à titre exceptionnel, un pudding au jus de viande en guise de dessert.

Le siamois, dérangé dans son festin, leva l'oreille dès que s'ouvrit la porte du salon. Les mains sur les hanches, l'air furibond, Mary n'avait même pas frappé.

— On vous demande au téléphone.

— Je suis occupé.

— Moi aussi. Et je n'ai pas l'intention de noter le message.

L'ex-inspecteur-chef poussa un soupir discret.

— Qui m'appelle ?

— Votre complice, Marlow. Très urgent, à ce qu'il paraît. Excité comme il est, il doit mijoter un mauvais coup.

— Le superintendant est un homme honnête.

— De l'honnêteté dans la police ? Ça se saurait !

Vaincu, Higgins sortit du grand salon. Trafalgar, indifférent aux querelles humaines, se concentra sur son pudding.

Mary précéda l'ex-inspecteur-chef et lui accorda l'entrée de sa cuisine où trônait le téléphone ; Higgins, qu'elle ne cessa de surveiller, prit le combiné. La voix de Scott Marlow lui emplit l'oreille.

— Higgins, enfin !

— Que se passe-t-il ?

— C'est grave, très grave... ma carrière, mon existence même... les corgies de la reine, Black House, Sir Timothy...

Quelque peu délirant, la parole embarrassée, les mots entremêlés, le superintendant tenta, tant bien que mal, de s'expliquer. Patient, Higgins n'intervint pas. Dans ce genre de situation, il fallait d'abord démêler quelques fils. A son collègue et ami, il devait cependant la vérité.

— L'affaire ne me paraît pas très claire. Si nous reprenions depuis le début ? Connaissiez-vous Sir Timothy ?

Un peu calmé, Marlow essaya de rendre son propos plus cohérent.

— Oui et non.

— Choisissez, mon cher Marlow.

— En remontant la filière, j'ai constaté que mon

nom avait été cité lors d'une petite affaire le concernant... j'ai retrouvé son voleur et fait restituer l'objet du délit, un chandelier, à son légitime propriétaire que je n'ai jamais rencontré.

— Il s'est souvenu de votre probité... qualité si rare, de nos jours, qu'il ne l'a pas oubliée.

— Hélas pour moi!...

— Ne vous refaites pas, superintendant. Scotland Yard survit grâce à des hommes comme vous.

— En ce cas, le Yard est en danger! Si je n'éclaire pas cette affaire au plus vite, ma tête saute.

— Ne soyez pas si pessimiste.

— Accordez-moi une grâce, Higgins : consultez au moins le dossier. L'aide la plus infime me sera précieuse. J'ai la Couronne entière sur le dos.

Outre l'amitié qu'il portait à Scott Marlow dont l'appel de détresse ne le laissait pas indifférent, Higgins humait un curieux parfum de mystère. Le *Times* n'avait-il pas cité le nom de Timothy Robbins lors d'une étrange affaire? Bien qu'il ignorât tout de l'énigme, l'ex-inspecteur-chef se sentit concerné. Cette sensation, il la connaissait; elle annonçait un affrontement sans merci avec le mal.

— Entendu, mon cher Marlow. Je vous attends.

— Je passe vous prendre et nous allons au Yard.

— Non, superintendant. Nous partons pour Black House.

CHAPITRE III

La Bentley du superintendant, achetée d'occasion à un revendeur douteux, menaçait de rendre l'âme. Un magnifique effort, prouvant qu'elle était de la lignée des Nelson, des Kitchener ou des Gordon, lui avait permis de franchir victorieusement deux côtes. À bout de souffle, elle hoqueta dans la troisième, cala, repartit, vibra de toutes ses tôles et franchit l'obstacle.

— Je devrais la faire réviser de temps à autre, reconnut Marlow.

Higgins, stoïque, contemplait le paysage noyé de brume et de pluie. Une campagne anglaise classique, avec ses routes en zigzag, ses buttes herbeuses, ses champs délimités par des haies, ses arbres paisibles vieillissant au gré du vent et des ondées. L'ex-inspecteur-chef consulta une nouvelle fois la carte.

— Première à gauche, puis le second chemin sur votre droite.

Le superintendant tourna avec maestria. La voiture aussi. Elle s'engagea dans une allée presque inondée, bordée d'étangs et de saules pleureurs.

Apparut Black House, majestueuse et inquiétante.

De loin, la lourde demeure aux tours crénelées et à la façade grise paraissait intacte. En s'approchant, les deux policiers constatèrent que la toiture était percée à certains endroits, que des pierres disjointes se déchaussaient, que des herbes folles envahissaient le perron. Soudain, la prophétie de la reine Élisabeth traversa l'esprit de l'ex-inspecteur-chef : « Hélas ! Je vois la ruine de ma maison ! Le tigre vient de saisir la douce biche. L'insultante tyrannie commence à empiéter sur le trône innocent et désarmé. Salut, destruction, meurtre, massacre ! Je vois la fin du monde tracée comme sur une carte[1] ! »

Higgins frissonna. Scott Marlow se tassa sur son siège. Ni l'un ni l'autre n'avaient envie de descendre de la vieille voiture qui, soudain, leur apparut comme un havre de confort.

— A mon bureau, nous serions plus à l'aise pour travailler...

— La clé de l'énigme est forcément ici, mon cher Marlow. C'est cette demeure qui fait l'objet de l'héritage ; si nous voulons comprendre l'incroyable attitude de Sir Timothy, nous devons y pénétrer.

Résigné, le superintendant coupa le contact.

L'entrée de Black House était presque ridicule : une petite porte rouge, à la peinture craquelée, surmontée d'un arc de cercle en pierre tendre. Perdue dans l'immense façade, elle ressemblait davantage à la porte d'un appartement londonien qu'à celle d'un château.

1. Shakespeare, *Richard III*, acte II, scène IV.

— Voilà qui n'est guère accueillant, estima Marlow.

— Il est évident que Sir Timothy n'appréciait pas les visites.

— Elles ne devaient pourtant pas être fréquentes... un pareil endroit!

Higgins tenta de prendre la mesure du lieu, mais échoua dans un exercice auquel il était pourtant habitué depuis tant d'années. Décidément, Black House avait beaucoup à cacher.

— Eh bien, entrons.

— Pas de regrets, Higgins? Il y a tout de même les scellés...

— Votre qualité vous permet de les ôter sans enfreindre la loi.

Marlow lambina mais réussit. Dès qu'il poussa la porte, un nuage de poussière l'enveloppa; le superintendant recula.

— Inhabitable! s'exclama-t-il.

— Inhabité, rectifia Higgins. Attendons que cette poussière retombe et progressons lentement.

Les deux hommes s'engagèrent dans un long et large couloir, véritable galerie de portraits : aux murs étaient accrochées des aquarelles consacrées à la campagne anglaise. Il débouchait sur un premier salon au sol de marbre; tous les meubles, table en acajou, stalles provenant d'une église médiévale, fauteuils Regency, étaient recouverts de housses; des toiles d'araignée en reliaient la plupart.

Dans l'enfilade, un second salon, un troisième, un quatrième... jusqu'au vingtième. Armures, collections de vases d'argent, de pipes en céramique, de candélabres, de bustes antiques dormaient dans l'oubli et le silence. Higgins marchait en tête, s'éclairant à la chandelle ; auprès du bougeoir se trouvaient des allumettes, comme si le propriétaire avait laissé derrière lui une ultime trace de vie. Scott Marlow, ébloui par cette accumulation d'objets rares et précieux, s'arrêta devant une centaine de tabatières en or, en ivoire et en étain disposées sur une cheminée. Il tomba presque en extase face à un portrait de la jeune reine Victoria, assise sur son trône, le bras gauche alangui ; les yeux dans le vague, elle ne prêtait guère attention aux enfants à tête d'adulte qui jouaient auprès d'elle. Les yeux admiratifs, le prince Albert la contemplait.

— Quelle merveilleuse demeure, déclara-t-il, envoûté. Si rébarbative à l'extérieur, si splendide à l'intérieur...

Sans partager l'enthousiasme de son collègue, Higgins, néanmoins, ne restait pas insensible à l'atmosphère incomparable qui hantait le manoir de feu Sir Timothy ; il appréciait le choix judicieux qui avait présidé à l'acquisition des pièces de collection, le fini des niches sculptées, l'éclat des lustres dans la pénombre. Dans la grandc salle à manger victorienne, la table était encore servie : nappe brodée au point de Bruges, couverts en or, assiettes en porcelaine de Limoges. Curieux banquet d'outre-tombe sans convives, agrémenté des cadavres de plantes exotiques présentes dans les angles.

Les chambres, au premier étage, ne comportaient pas moins de richesses. Sous les housses poussiéreuses, lits, fauteuils, bergères, coiffeuses, tableaux s'additionnaient pour former un fabuleux musée. Génération après génération, les Robbins avaient accumulé quantité de chefs-d'œuvre dignes des corgies de la reine. Pourtant, l'ex-inspecteur-chef continuait à éprouver un malaise, comme si ces merveilles étaient destinées à cacher un lourd secret dont Higgins pressentait la présence.

— Une caverne d'Ali Baba, conclut le superintendant. De tels trésors... les avocats n'ont pas fini de se battre. S'il n'y a pas d'héritier nommément désigné, les fondations charitables se porteront candidates; mais les chiens ne lâcheront pas facilement la corde!

Afin d'exercer sa mémoire, Higgins tenta de se souvenir d'un maximum d'objets; il revint dans certaines pièces et souleva des dizaines de housses. Scott Marlow se demanda ce qu'il cherchait; mais le visage sévère et concentré de son collègue le dissuada de poser la question.

— Il faut fouiller cette demeure de fond en comble, décida l'ex-inspecteur-chef. Commençons par le haut.

Hostile à cette débauche d'efforts inutiles, le superintendant fut contraint de suivre un Higgins alerte et scrupuleux. Quand ils parvinrent au pied de l'escalier menant au grenier, un orage éclata avec une violence inouïe; un instant, Higgins hésita, comme s'il craignait d'aller plus loin. Se retournant, il tapa du poing contre un mur recouvert de tissu.

— Ce n'est pas un mur, jugea-t-il, mais un passage. Aidez-moi, Marlow.

La solide épaule du superintendant enfonça une

porte dissimulée sous le tissu ; elle s'ouvrit sur un corridor curieusement dépourvu de poussière qui aboutit à une porte métallique. Higgins, après avoir renouvelé sa bougie, détailla l'obstacle.

— C'est peut-être dangereux... vous devriez attendre un spécialiste.

Indifférent au conseil, Higgins tourna la poignée. La porte métallique s'ouvrit sans grincer.

D'abord, il ne vit rien. Puis, avançant à pas comptés, il s'aperçut que le plafond, les murs et le plancher de la pièce tout en longueur étaient peints en noir.

— Discernez-vous quelque chose ? interrogea Scott Marlow.

N'obtenant pas de réponse, le superintendant entra à son tour dans la chambre noire. Higgins était figé, éclairant une scène des plus insolites.

Accroché par une pince à linge à une corde tendue, un chapeau.

Au-dessous, une paire de chaussures.

Au pied d'une table en marbre, une coupe remplie de vin.

Sur la table de marbre, un corps humain. Celui d'une très belle jeune fille vêtue d'une robe de mariée.

CHAPITRE IV

— Est-elle... vivante?

Higgins se pencha sur la jeune personne.

— Je crains que non. On croirait même qu'elle est momifiée.

— Momifiée? Vous voulez dire...

— Que les chairs ne sont pas décomposées. Le visage est magnifique.

Le superintendant approcha. Il contempla la physionomie étrange d'une jeune femme d'environ dix-huit ans, à la peau très blanche, portant une robe de mariée d'un autre âge; les longs cheveux blonds étaient sagement disposés sur la table de marbre, les mains étaient jointes dans un geste de prière. Impressionné par la beauté de la défunte, Marlow mit longtemps à reprendre une respiration normale.

— Le décès doit être très récent... je ne vois aucune momie!

Higgins ne protesta pas, le regard fixé sur cette inconnue aux yeux bleus grands ouverts. Comment s'arracher à cette incroyable vision dont on ne savait plus si elle appartenait à ce monde-ci ou à l'autre ? Jamais les deux policiers, pourtant habitués à de terribles spectacles, n'avaient été confrontés à une épreuve aussi bouleversante. Ni l'un ni l'autre ne pouvaient se détacher de l'énigmatique trépassée dont ils venaient de troubler le repos.

— Le légiste, avança Scott Marlow. Lui seul nous fournira des explications...

— Nous avons notre rôle à jouer, objecta Higgins, puisque nous sommes les premiers visiteurs de cette chambre noire depuis très longtemps. Observons les indices avec la plus grande attention.

— Et si... elle se réveillait ?

— Nous l'aiderions à descendre de cette table d'apparence peu confortable.

L'ex-inspecteur-chef se pencha pour examiner la coupe de vin en cristal.

— Du baccarat.

— Produit français ?

— Cristallerie fondée en 1764, mon cher Marlow. Cet objet est un petit chef-d'œuvre ; ni bulle ni rayure, bien sûr, et un galbe proche de la perfection. Le cristal... un mélange de plomb, de poudre de silice et de potasse chauffé à plus de mille degrés qui se transforme en merveille. Avez-vous déjà admiré une boule de cristal en fusion à l'extrémité d'une canne de souffleur ? A mon avis, ce verre est du type Vallée, le plus rare. Une trentaine d'heures de travail.

Higgins sortit un mouchoir armorié et souleva le verre. Marlow sursauta.

— Vous n'allez quand même pas boire...

— Tremper les lèvres suffira.

— S'il était empoisonné !

— Il faut parfois prendre des risques.

Le superintendant n'eut pas le temps d'intervenir; son collègue porta effectivement la coupe aux lèvres.

— Château d'yquem âgé d'une dizaine d'années. Encore un peu jeune à mon goût, mais néanmoins un grand cru.

Quelques instants, Marlow se demanda si l'ex-inspecteur-chef survivrait à cette dangereuse expérience. L'œil toujours aussi vif, il s'intéressa au chapeau noir. Un haut-de-forme suranné aux lignes élégantes et bien marquées. S'aidant encore de son mouchoir afin de ne pas effacer les empreintes, Higgins l'étudia sous toutes les coutures.

— Il provient de chez Christy, le chapelier des rois, établi à Stockport depuis 1773. Impossible de se tromper : du poil de lapin que plus de quarante opérations ont transformé en un couvre-chef de première qualité. Celui-là a beaucoup souffert : il est sale, fendillé et taché.

— De l'encre... mais d'une drôle de couleur. Il faudra demander au labo une analyse serrée.

— Excellente idée.

Pour une fois, Higgins ne s'opposait pas à la police scientifique. Elle dissiperait sans doute bien des mystères.

L'ex-inspecteur-chef se pencha à nouveau, cette fois vers la paire de chaussures placées au pied de la table mortuaire.

— Mais... elles sont cirées! s'exclama le superintendant.

— De manière impeccable, en effet.

— Cela signifie que quelqu'un est entré récemment dans cette pièce!

— Probablement...

— Sans aucun doute! Il n'y a pas trace de poussière, ici. On doit faire le ménage souvent.

— Des « pieds tournants ».

— Pardon?

— Ces chaussures sont des « pieds tournants », expliqua Higgins. Voyez, la coupe donne à la semelle une forme en haricot.

— Seuls les grands de ce monde en portent; indice déterminant, me semble-t-il.

— Souhaitons-le.

— Puisque nous avons tout examiné, mieux vaut quitter les lieux et avertir le coroner et le laboratoire.

— Restent les bacs.

Ce fut Scott Marlow qui découvrit dans l'un d'eux une photographie. A la flamme de la bougie, les deux policiers identifièrent un couple. Lui, un homme d'âge mûr, à l'indéniable prestance, vêtu d'un smoking; elle, la jeune morte! Ils se tenaient devant l'une des cheminées du château, surmontée d'un cadre contenant un tableau.

— Sir Timothy et la défunte?

— Hypothèse plausible, superintendant.

— Cette affaire est peut-être plus simple qu'il n'y paraît.

— Un vieux lord se débarrassant d'une jeune personne devenue trop encombrante?

— C'est moralement très choquant, mais les exemples ne manquent pas.

— Je le reconnais, mais avouez que la manière est plutôt surprenante. S'attacher trop tôt à une solution, fût-elle séduisante, risquerait de nous égarer.

Marlow marmonna. Son collègue acceptait rarement de se rendre à l'évidence, même lorsque les preuves étaient accablantes ; cet entêtement, certes, lui avait valu d'indéniables succès mais aussi des blâmes de la part de ses supérieurs hiérarchiques.

Higgins rôda plus d'un quart d'heure dans la chambre noire mais ne décela aucun autre indice.

Parvenus à la porte d'entrée de Black House, les deux policiers s'immobilisèrent ; un cri déchirant leur glaça le sang.

— Qu'est-ce que c'est ? interrogea Marlow.

— Un chien.

— Impossible... aucun chien ne peut émettre une plainte pareille !

— Si, mon cher Marlow. Un corgy ou, plus exactement, le fantôme d'un corgy.

CHAPITRE V

Malgré les protestations de Scott Marlow, Higgins prit la décision de rester seul à Black House pour garder le domaine. Dès que les pétarades de la Bentley s'éteignirent dans le brouillard, l'ex-inspecteur-chef tendit l'oreille mais n'entendit plus la moindre manifestation du chien fantôme.

Il fit quelques pas dans le parc. D'après la hauteur de l'herbe, il était à l'abandon depuis plusieurs années. Au temps de sa splendeur, il devait afficher des bosquets élégants et des allées bien tracées. Une nature sauvage, presque hostile, anéantissait les traces de l'art du jardinier.

Higgins se sentit repoussé, exclu d'un monde dont il ne possédait pas les clés. Qui était cette jeune morte, quel âge avait-elle vraiment ? De mystérieux visiteurs s'occupaient-ils de la défunte, nettoyaient-ils la chambre noire ? Et, par-dessus tout, s'agissait-il d'un décès dû à des causes naturelles ou d'un crime commis par un assassin hors du commun ? Autant d'indices auraient dû éclaircir l'affaire ; au contraire, ils l'obscurcissaient. Rien ne prouvait, en effet, qu'ils convergeaient tous dans le même sens. Chacun exigerait une recherche précise et scrupuleuse.

La pluie battante obligea Higgins à se réfugier dans l'immense demeure. Il alluma un feu dans la cheminée du salon le plus proche de l'entrée et commença à prendre des notes sur son carnet noir à l'aide d'un crayon dont il avait finement taillé la pointe; après avoir dessiné un plan de la chambre noire et répertorié les indices, il feuilleta les pages blanches qui, bientôt, se couvriraient d'une écriture rapide et précise. Incapable de se mentir à lui-même, l'ex-inspecteur-chef redoutait ce qu'il allait découvrir, au point de songer à abandonner l'enquête; mais si Marlow se perdait dans un dédale, ne subirait-il pas les foudres du Yard et ne serait-il pas privé de sa raison de vivre? Déserter dans ces circonstances serait lâcheté. Aussi Higgins se résolut-il à pénétrer de plain-pied dans un univers peuplé de forces hostiles.

***

Scotland Yard débarqua en force : cinq voitures, plus l'identité judiciaire et son camion d'équipements sophistiqués. Marlow avait réquisitionné Babkocks, le meilleur légiste anglais, un sosie de Winston Churchill. Bougon et mal embouché, il avait dû abandonner à regret un beau cadavre de noyé pour se rendre toutes affaires cessantes à Black House. Tout le long du parcours, il avait empuanti l'intérieur de la Bentley de la fumée d'un gros cigare composé de déchets de tabacs exotiques qu'il accumulait dans les poches de sa veste d'aviateur en cuir, héritage de la Royal Air Force; indifférent aux arguments de Marlow, il maintenait son refus de coopérer.

Quand il descendit de la Bentley dont il claqua violemment la porte au point de faire gémir les tôles, Babkocks vit Higgins sur le seuil de la petite porte rouge.

— Par saint Georges! Tu as repris du service?

— Je rends service, de temps à autre.

— Sans toi, le Yard perd son âme.

— Tu ne crois toujours pas en la résurrection.

— J'ai vu trop de cadavres. Si tu es ici, c'est que rien n'est simple... enfin de quoi m'émoustiller un peu.

— C'est plus que probable.

— Alors, allons-y.

Babkocks suivit Higgins qui marchait d'un bon pas, et traversa les salons sans y prêter attention. Seule l'intéressait la dépouille mortelle. Marlow, qui se repentait de son manque d'assiduité aux séances d'entraînement physique, s'essouffla à les suivre.

— C'est ici, déclara Higgins en montrant la porte de la chambre noire.

Le légiste, qui connaissait bien l'ex-inspecteur-chef, lui trouva un air étrangement sombre.

— Quelqu'un que tu connaissais?

Higgins hocha négativement la tête. Le questionner davantage était inutile; chacun savait que le plus fin limier du Yard se montrait avare de confidences et que personne n'avait encore réussi à le faire parler contre son gré.

Babkocks éteignit son cigare; les choses sérieuses commençaient. Habituellement balourd et bruyant, il entra cette fois-ci à tout petits pas sur les lieux du drame. Soudain aérien, il s'approcha du cadavre avec la légèreté d'un papillon et se pencha tendrement sur le visage de la défunte.

— Par les saintes du paradis, qu'elle est belle !

Comme Higgins et Marlow, il succomba à l'attrait des yeux bleus et à la finesse du visage ; en extase pendant une longue minute, le légiste en oublia sa tâche. Sortant soudain de ce moment de rêverie, il s'épongea le front d'un revers de main.

— Je ne peux rien faire ici... dès que l'identité aura pris photos et mesures, qu'on emporte cette jeune fille dans mon antre. Même si ça doit me crever le cœur, je lui ferai raconter son histoire.

Babkocks se tourna vers Higgins.

— Si on l'a assassinée, jure-moi de retrouver le coupable.

Higgins jura.

***

Personne, pas même le superviseur du service d'hygiène, ne pouvait forcer l'accès de l'antre où officiait Babkocks. Le légiste s'était organisé un monde avec ses propres instruments, ses points de repère, ses appareils de contrôle et d'analyse. Non seulement il était le plus rapide, mais encore il ne se trompait pas et, de plus, restituait des cadavres dans le meilleur état possible.

Épuisé, les traits creusés, Babkocks reçut Higgins et Marlow dans son antichambre aménagée à la manière d'une salle de pub. Sans leur demander leur avis, il leur offrit un verre de whisky irlandais provenant d'une distillerie clandestine ; dans le sien tombèrent des cendres de cigare qu'il avala sans s'en apercevoir.

— Elle avait dix-huit ans. L'étude de la mandibule et l'ouverture de l'angle de la mâchoire inférieure fournissent une précision indubitable. Dix-huit ans...

— Depuis combien de temps est-elle morte? demanda Marlow.

Babkocks regarda le superintendant droit dans les yeux.

— Vous me considérez comme un type sérieux?

— Le meilleur, vous le savez bien.

Le légiste avala sa salive.

— Environ deux ans.

— Deux ans, mais...

— Je sais. Le processus de décomposition n'avait pas débuté. Une sorte de momie, tant qu'elle se trouvait dans cette chambre noire.

Higgins ne commenta pas.

— Il doit bien exister une explication rationnelle! protesta Marlow.

— Bien entendu. Je croirais assez à l'existence d'un champ de forces ajouté à un traitement spécial du cadavre dont j'ai décelé quelques traccs. A présent, cette pauvre gosse est bien une morte ordinaire. Qui a été assez fou pour organiser une telle mise en scène?

A l'étonnement de ses deux collègues, Higgins demeurait muet. Non pas absent, car il recueillait avec une attention soutenue chacun des mots prononcés, mais incroyablement silencieux.

Scott Marlow crut bon de formuler une hypothèse qui s'imposait de plus en plus.

— Un meurtre rituel?

— Pas de meurtre du tout, assena Babkocks. Ni poison, ni trace de coups, pas la moindre agression corporelle.

— Et... la cause du décès?

— Inexplicable. Organes en parfait état, aucune lésion, aucune anomalie. Cette jeune femme était en parfaite santé. S'il y a assassinat, je suis incapable de discerner l'arme utilisée.

— Autrement dit...

— Un crime parfait.

« Crime parfait »... c'étaient les mots que Higgins redoutait d'entendre, ceux qui remettaient en cause une existence entière consacrée à la vérité. Scott Marlow baissa la tête; lui aussi cédait à la déprime. Si un as comme Babkocks s'avouait vaincu, le plus génial des policiers demeurerait prisonnier du mystère de la chambre noire.

— Un dernier détail... cette jeune personne était vierge.

Une autre piste s'effondrait : l'inconnue n'avait donc pas cédé aux avances d'un vieux lord en proie à une passion tardive.

— Merci, dit Higgins. Ton travail a été remarquable, comme d'habitude.

— Remarquable! s'étonna Babkocks, extrayant une poignée de tabac malodorant de sa poche gauche. Mais je n'ai rien trouvé!

— Au contraire, jugea Higgins avec le sourire d'un sphinx.

CHAPITRE VI

Higgins invita Scott Marlow à déjeuner dans un pub proche du Yard où l'on dégustait d'excellentes côtes d'agneau sans gelée de groseille, des toasts aux champignons et un plateau de fromages où du vieux cheddar, du sharpshire blue, du cherry wood et du stilton servi à la cuiller battaient en brèche la pseudo-suprématie française dans ce domaine. Un volnay réservé à Higgins et à son cercle d'amis redonna quelque couleur au visage abattu du superintendant.

— Je ne vous cache pas, Higgins, que je songe à présenter ma démission.

— Prenez ces clous de girofle et mettez-les dans votre poche.

— Pourquoi ?

— C'est le meilleur remède contre l'affaiblissement de la cervelle, disaient les anciens. Dans des circonstances comme celles-là, vous devez garder l'esprit clair et la volonté droite.

— Le scandale, le terrible scandale ! Je n'ai rien à offrir à la Couronne...

— Je ne suis pas de votre avis. La présence de ce

cadavre suspend, pour le moment, toute attribution d'héritage.

— Une mort naturelle...

— Non, superintendant. Un assassinat.

— Nous n'en avons pas la preuve ! Je ne peux rien affirmer dans mon rapport.

— Si : présomption d'assassinat. Cela suffira pour ouvrir une enquête approfondie dont chacun devra attendre les résultats.

Cette perspective ragaillardit Marlow. En gagnant du temps, il reprenait espoir.

— Nous devons d'abord identifier cette jeune femme : je fais passer sa photographie en première page de tous les journaux.

Higgins ne parut pas enthousiaste.

— Ne seriez-vous pas d'accord ?

— C'est tout à fait indispensable.

— Quelles autres pistes désirez-vous suivre ? Les indices recueillis sur place ne mènent nulle part !

— Nous n'avons pas encore dialogué avec eux. De l'ordre et de la méthode, mon cher Marlow : commençons par le premier d'entre eux, la lettre que vous avez reçue.

Higgins n'appréciait guère le modernisme échevelé de New Scotland Yard et moins encore le bureau du superintendant où le métal régnait en maître. L'absence des vibrations bénéfiques de la pierre et du bois entravait la démarche de l'enquêteur et freinait sa pensée ; mais comment faire comprendre aux promoteurs immobiliers que leur mauvais progrès encourageait le crime ?

Le superintendant plaça sur la table de verre la lettre de feu Timothy Robbins. Higgins la lut à plusieurs reprises et recopia le texte sur son carnet noir.

— Qu'en conclure, interrogea Marlow, sinon qu'un mauvais plaisant s'amuse à prendre l'identité d'un défunt ?

— Le laboratoire a prouvé que ce document était bien de la main de Sir Timothy, rappela l'ex-inspecteur-chef.

— Exact... mais il n'a tout de même pas glissé son testament dans une boîte aux lettres de l'autre monde !

— Montrez-moi donc l'enveloppe.

— L'enveloppe...

Une expression de profond regret s'inscrivit sur le visage de Scott Marlow.

— Je ne l'aurais quand même pas jetée !

Fébrile, le superintendant entreprit une fouille systématique de son bureau, dévoilant au passage une bouteille de whisky qui lui servait à surmonter bien des problèmes administratifs. Enfin, coincée entre une pile de notes de service et des factures impayées, la fameuse enveloppe réapparut.

— Je ne perds jamais rien, déclara Marlow, soulagé. Inutile de vous dire que cette pièce à conviction ne comporte aucune empreinte ; sinon, nous aurions déjà identifié le coupable.

Higgins contempla l'enveloppe, se leva, fit quelques pas dans le bureau et regarda à nouveau le modeste morceau de papier par lequel le scandale était arrivé.

— Pourquoi ce timbre supplémentaire ?

Marlow constata que l'affranchissement ordinaire était complété par une surtaxe.

— Curieux, en effet...

— N'y aurait-il pas eu une augmentation des tarifs postaux annoncée après coup?

— Très juste, Higgins! Je vais immédiatement me renseigner.

Comment travailler efficacement dans un pareil bureau? se demanda Higgins. Lui aurait commencé par se débarrasser des chaises métalliques en les jetant par la fenêtre. Mais cette dernière ne s'ouvrait pas; les enquêteurs modernes ne respiraient que de l'air artificiel. Un monde aux fenêtres éternellement fermées ne pouvait qu'étouffer dans la décadence de l'âme.

Marlow revint triomphant.

— Le mystère est expliqué : la poste du Yard a dû payer une majoration de taxe, la lettre était insuffisamment timbrée. L'augmentation décrétée par les postes fut appliquée il y a une semaine.

— Passionnant : nous connaissons à présent la date de l'expédition. Le cachet de la poste la confirme.

— Mais pas le nom de l'expéditeur!

— Patience, mon cher Marlow. Auriez-vous l'obligeance de m'apporter une loupe très puissante?

L'œil de Higgins s'attacha aux deux timbres.

— Quelque chose dépasse du plus gros. Il me faudrait de la vapeur.

— Rien de plus simple : je donne l'ordre à une bouilloire du *tea-time* de fonctionner plus tôt que prévu.

L'ex-inspecteur-chef décolla le timbre très lentement, avec une pince.

— Voyez vous-même, mon cher Marlow : un fragment de cheveu gris est resté collé.

— Fabuleux ! Je le confie immédiatement au labo.

***

L'analyse du cheveu gris ne donna aucun résultat : il n'appartenait pas à un criminel connu, ni même à un petit délinquant fiché par le Yard. Higgins parvint à atténuer la déception de Marlow ; la quête de la vérité exigeait beaucoup de persévérance. Une réussite immédiate eût été miraculeuse ; le travail sur le terrain se présentait le plus souvent comme l'apprentissage des déceptions.

— Vous êtes un véritable ami, Higgins.

— C'est une dignité à laquelle je tente d'accéder.

— Sincèrement, croyez-vous que nous parviendrons à élucider le mystère de la chambre noire ?

— Nous n'avons pas encore utilisé toutes nos armes. Avez-vous un dossier sur Sir Timothy ?

— Bien entendu.

— Rien d'anormal ?

— Aucun aristocrate anglais ne peut être plus conforme que lui aux habitudes de sa caste.

— C'est du moins l'apparence qu'il a réussi à donner ; cette chambre noire, vous en conviendrez, n'a rien de conventionnel.

— Son testament non plus, il est vrai... pourtant, son existence et ses habitudes sont des plus classiques. Lisez vous-même.

Higgins consulta le dossier.

— Titres, distinctions, liste de ses biens... c'est

un curriculum vitae qui ne révèle aucun détail de sa vie privée ; ce Timothy Robbins-là ne nous apprendra rien. De quelle manière est-il mort ?

— Eh bien... normalement. Sa biographie indique qu'il s'est éteint chez lui, à Black House, il y a deux ans.

— Votre Bentley peut-elle contenir une bicyclette ?

— Sans difficulté.

— Faites-en sortir une des réserves du Yard et procurez-moi des vêtements d'ouvrier agricole. Voici comment nous allons procéder.

CHAPITRE VII

Le minuscule bourg de Vrexham ne comprenait que trois fermes, une mare et une sorte d'auberge où se réunissaient, à la tombée du jour, les gens des environs. Quand un étranger à vélo arrêta son engin boueux devant la porte de l'établissement, douze paires d'yeux masculins se fixèrent sur l'invraisemblable scène. En dehors de la route où ne passaient que de rares voitures, Vrexham n'accueillait jamais de visiteurs.

Higgins n'ôta pas sa casquette en entrant dans l'auberge qui sentait le tabac noir et la bière lourde. Sa randonnée d'une dizaine de kilomètres lui avait dégourdi les jambes; caché derrière un bois de saules, Marlow attendrait le retour de son collègue qui jugeait inopportune une intervention officielle du Yard en ces lieux et à ce stade de l'enquête.

— Je suis bien à Dumberton?

D'abord, ils se turent en se regardant; ensuite, ils se consultèrent en silence. Enfin, le plus vieux répondit :

— Tu fais erreur, mon gars. Ici, c'est Vrexham.

— Pas possible... on m'avait pourtant dit...

L'ancêtre cala sa pipe dans le coin gauche de sa bouche.

— Qui t'a dit ça?

— Un type sur la route.

— Un rouquin avec des sabots crottés?

— C'est ça.

L'assemblée éclata de rire. Un rire épais, ponctué de hoquets et de claques dans le dos. Voilà bien longtemps que l'on ne s'était autant amusé à Vrexham.

— T'as été bien berné, mon gars! Ce type-là, c'est le benêt du coin... il raconte ce qui lui passe par la tête et comme il ne lui passe que des sottises, te voilà perdu.

— C'est bien ma chance, déplora Higgins. Avant de prendre la route, je pourrais peut-être vous offrir une chope.

La proposition, inattendue, parut suspecte. Que cachait cette tournée générale? Higgins s'approcha du bar, remplit lui-même les chopes de bière et déposa plusieurs shillings devant l'ancêtre. La couleur de l'argent rassura les plus inquiets; de vagues sourires flottèrent sur les lèvres.

— Qu'est-ce que tu viens faire dans le coin, mon gars?

— Chercher du travail.

— Ici?

— Dans le coin. On m'a parlé d'un châtelain qui possède le domaine de Black House et voudrait engager un jardinier.

— Tu lis les journaux?

— Jamais.

Les paysans se consultèrent une nouvelle fois du regard.

— Faudrait changer ton fusil d'épaule, conseilla un moustachu aux larges épaules.

— Pourquoi donc? Je suis capable.

— Ça, on n'en sait rien. Ce qui est sûr, c'est que le châtelain ne t'engagera pas.

— Pour quelle raison?

— Sir Timothy est mort.

— C'est bien ma chance... en voilà un qui ne se pose plus de problèmes. Moi, j'ai encore soif. Pas vous?

Cette fois la glace se rompait. Après tout, on pouvait partager quelques confidences avec un étranger accablé d'autant de malheurs et pourtant si généreux; aussi la bière coula-t-elle à flots. Après avoir échangé un maximum de banalités sur le temps, la mauvaise qualité du football anglais et la raréfaction du gibier, Higgins se rapprocha de l'ancien. Ce dernier avait trop bu et commençait à mâcher sa pipe.

— Comment est-il mort, votre Timothy?

— Ah ça, on n'est pas près de l'oublier! Raconte, toi, puisque tu as tout vu.

L'ancien donna un coup de coude dans le dos du moustachu. Après cinq chopes de bière brune à dix-sept degrés, l'homme avait des réactions lentes. Il tourna la tête avec peine.

— J'ai vu quoi...

— La mort de Sir Timothy... une sacrée journée, non?

— Pour sûr! Elle avait rudement mal commencé. J'étais parti chasser, et je revenais bredouille. Pas même un lapin... pourtant, il faisait beau. J'ai marché pendant une heure et, sans m'en apercevoir, me suis approché de Black House. Là, j'en ai pas cru mes yeux : il y avait un orage d'une violence inouïe, juste au-dessus du château. Les éclairs zébraient un ciel noir d'encre, des grêlons tombaient sur les toitures. Moi qui ne suis pas peureux, j'étais terrorisé. Je me suis caché sous un arbre, incapable de marcher. Quelle journée...

— Et après, insista le vieux, impatient d'entendre l'histoire une fois de plus.

— Après, j'ai cru que j'avais une hallucination. Un homme est apparu sur le chemin de ronde de la tour centrale, au point le plus élevé de Black House. J'ai hurlé : « Attention, c'est dangereux ! » Ma voix s'est perdue dans le vent... l'homme marchait en zigzaguant, comme une marionnette.

— Tu l'as reconnu, dis-le !

— Oui, c'était Sir Timothy. Ça j'en suis sûr. Il portait un smoking.

— Et puis...

— Et puis, la tempête s'est déchaînée davantage. Pourtant, à cent mètres du château, c'était calme ! La fureur du ciel se concentrait sur Black House. Après...

— Mais raconte, insista l'ancien, raconte donc !

— Je ne sais pas s'il va me croire.

Le moustachu se leva, chope en main.

— Je n'ai jamais raconté de mensonges... en tout cas, pas beaucoup... et pas de cette taille-là. Vous vous rendez compte ! Ce fut comme une main de feu qui sortit des nuages et s'empara de Sir Timothy. Il n'a même pas crié ! Son corps fut enlevé dans la masse noire au-dessus de lui puis retomba sur le sol. C'est là qu'on a trouvé son cadavre. Dans le journal local, on a écrit qu'il était tombé du haut de la tour. Moi, je sais que ce n'est pas vrai ; mais qui croirait une histoire pareille ?

Le vieux parut déçu et vida une nouvelle chope.

— Qui croirait une histoire pareille, en effet... il vaut mieux l'oublier.

Higgins opina du chef ; son consentement effaçait toute suspicion.

Quand l'ex-inspecteur-chef sortit de la pauvre auberge, personne ne s'en aperçut ; la moitié des convives sommeillait, l'autre refaisait le monde.

Sur la route boueuse, le vélo glissa lentement ; Higgins soigna son coup de pédale, de manière à ne pas fatiguer l'articulation du genou. Il songea à Scott Marlow qui serait certainement déçu de la relation des événements ; au lieu d'éclaircir un peu le mystère de la chambre noire, la mort de Sir Timothy l'épaississait.

CHAPITRE VIII

Sur la route du retour, le superintendant broya du noir. D'ordinaire, il n'approuvait pas les initiatives de Higgins lorsqu'elles se situaient à la limite de la légalité ; ce fiasco lui prouvait que rien ne valait une enquête classique, menée selon les règles de l'art. A l'évidence, la disparition rocambolesque de Sir Timothy n'existait que dans l'imagination débridée d'un paysan ivre.

— Le surnaturel ne nous mènera nulle part, déclara-t-il, péremptoire.

— Un testament venu de l'au-delà, une morte momifiée, un orage d'apocalypse... ce sont les premiers éléments de l'affaire, rappela Higgins. Inutile de les nier.

— Inutile d'insister : on veut nous éloigner du concret, voilà tout.

Sur le bureau de Scott Marlow, une nouvelle pile de notes de service et de documents administratifs ; Higgins nota la présence d'une enveloppe identique à celle contenant le testament de Sir Timothy ; le rapport d'un officier de police précisait que ce courrier avait été retenu par un service de tri en grève.

Le superintendant décacheta et pâlit.

— La suite du testament de Sir Timothy... sans cette maudite grève, nous en aurions pris connaissance depuis longtemps !

Higgins examina cette seconde enveloppe. Cette fois, pas trace de cheveux, mais la même surtaxe et la même date. Et sans doute le même expéditeur.

Scott Marlow lut la missive à haute voix :

Moi, Timothy Robbins, sain de corps et d'esprit, après avoir annulé mon précédent testament et signifié que mon domaine n'irait pas aux corgies de la Couronne, désigne comme légitimes héritiers mon cousin Robin Warrant et son épouse Amanda. Selon ma dernière volonté, qu'ils deviennent propriétaires de Black House et de tout ce qu'elle contient, à la condition d'y habiter et de ne jamais la vendre.

— Et si c'était un faux? espéra le superintendant, sans grand espoir.

— Écriture, signature, cachet... tout est identique à l'autre partie du testament. Procédez quand même à l'expertise; nous avons connu des faussaires étonnants.

Marlow s'enfonça dans le dossier de sa chaise métallique qui poussa un grincement d'agonie.

— Quel horrible scandale... cette fois, la Couronne est totalement dépossédée !

— Ses avocats feront appel.

— Vous croyez?

— J'en suis certain. Les procès en annulation d'héritage sont longs et complexes; on accusera Sir Timothy d'instabilité mentale.

— Peut-être les corgies pourraient-ils gagner...

— En attendant, rencontrons sans tarder les derniers héritiers choisis par ce curieux défunt.

⁂

Marlow convoqua à son bureau, en présence de Higgins, Robin et Amanda Warrant afin de les mettre au courant de la situation. Ils arrivèrent avec une demi-heure de retard ; lui portait un costume trois pièces sombre et ressemblait à un homme d'affaires honorable de la City. Grand, plutôt maigre, les pommettes saillantes, les cheveux noirs, les lèvres aussi minces que des lames de couteau, il palpait souvent une épingle de cravate rouge, croisait et décroisait les jambes. Son épouse, coiffée à la garçonne avec une chevelure d'un blond vénitien, était indifférente au froid : sa blouse en soie rose ornée d'entrelacs végétaux, ses manches s'arrêtant juste après le coude, son pantalon en lin beige clair, ses chaussures dorées et ouvertes à l'avant et au talon auraient pu faire croire que la température londonienne dépassait dix degrés. Aux deux poignets, elle portait de lourds bracelets d'argent massif et deux cercles du même métal et de grande taille en guise de boucles d'oreilles ; de curieuses lunettes en nacre, d'un style archaïque, donnaient au visage doux et régulier un air réfléchi. Amanda Warrant était originale et séduisante, son mari ennuyeux et glacial. L'un et l'autre affichaient un suprême dédain à l'égard de leurs interlocuteurs.

— Vous êtes bien Robin Warrant, commença Marlow avec assurance.

— Dois-je fournir une preuve de mon identité ?

Après avoir haussé les épaules, Robin Warrant s'exécuta ; sans y avoir été invitée par le superintendant, son épouse l'imita.

— Pourrions-nous connaître les raisons de cette convocation ? Je suis gentleman-farmer et n'ai guère le temps de quitter mon domaine.

— Vous êtes bien cousin de Sir Timothy Robbins ?

Robin Warrant croisa nerveusement les jambes.

— Exact. C'est un sujet de conversation que je préfère éviter.

— Pourquoi ? demanda Higgins.

— Affaire personnelle. Il est mort, paix à son âme.

— Quel vieux pingre, soupira Amanda Warrant. Quand je pense que Black House revient aux corgies de la reine... de telles infamies devraient être interdites.

— N'aimeriez-vous pas les chiens ?

L'épouse du gentleman-farmer sursauta.

— Cet inspecteur se moquerait-il de moi ?

De la main gauche, elle alluma une cigarette blonde.

— Bien sûr que non, répondit Marlow, embarrassé. En tant que police de Sa Majesté, nous devons le respect...

— A un vieux fou ? Sûrement pas !

— Ce vieux fou vous lègue pourtant une immense fortune, intervint l'ex-inspecteur-chef.

Bouche bée, Amanda regarda son mari.

— Je ne comprends pas.

— C'est pourtant simple, chère madame. Vous n'ignoriez quand même pas que Sir Timothy avait rédigé un autre testament ?

Elle se leva, indignée.

— Mais... bien sûr que si! De quelle manière l'aurais-je appris?

Higgins regarda fixement le gentleman-farmer.

— Et vous, cher monsieur?

— Je suis aussi étonné que mon épouse. Timothy et moi ne nous fréquentions pas; je n'avais aucune chance de recevoir une confidence de sa part. Bien sûr, je suis sa seule famille... cela signifie-t-il que nous héritons d'une partie de son domaine?

— Pas d'une partie, précisa Scott Marlow. De la totalité.

Amanda Warrant pouffa puis éclata de rire; son mari la prit dans ses bras.

— C'est inouï, inespéré... et les chiens de la reine?

— Déshérités.

— Il y aura un procès?

— Inévitablement. En tant que parents plus proches que les corgies, vous pouvez néanmoins occuper les lieux. Plus exactement, vous le devez.

Amanda Warrant cessa de rire.

— Comment ça, nous « devons »? Sir Timothy aurait-il précisé des conditions suspensives?

— Lisez vous-même.

Marlow tendit le document à son interlocutrice. Elle le lut à plusieurs reprises, son mari se penchant par-dessus son épaule pour en prendre connaissance à son tour.

La mine grave, le front haut, Amanda Warrant posa le document sur le bureau du superintendant.

— Je refuse toute concession, déclara-t-elle.

CHAPITRE IX

Scott Marlow, souriant, parla d'une voix douce, presque onctueuse.

— En ce cas, vous renoncez au testament, et les corgies de Sa Majesté reviennent en lice.

— Un instant, intervint le gentleman-farmer, après avoir décroisé les jambes. Sir Timothy a bien annulé les dispositions en leur faveur ?

— Oui.

— Et nous héritons bien de la totalité de Black House avec son mobilier et ses trésors ?

— Sans nul doute.

— Vous n'êtes qu'un policier ! Encore faudrait-il qu'un homme de loi le confirme.

Le ton de Marlow devint moins aimable.

— C'est évident. Dans cette affaire, le Yard et moi-même ne servons que de boîte aux lettres.

— Tout à fait typique de Sir Timothy, jugea Amanda Warrant. Au lieu de faire les choses simplement, il a pris un chemin détourné.

— Vous pourriez au moins lui témoigner une reconnaissance posthume, estima Higgins.

— S'il a agi de la sorte, c'est qu'il se sentait

coupable et redevable envers nous, rétorqua-t-elle, acide. Avez-vous vérifié l'authenticité du document?

Marlow fulmina.

— Elle ne fait aucun doute. Signez-moi une décharge et je vous le confie.

— Est-ce bien légal?

— Comptez-vous me dicter mes devoirs, chère madame?

— Ne nous fâchons pas, recommanda Robin Warrant avec un sourire de circonstance. Après tout, il s'agit d'excellentes nouvelles; bien entendu, nous n'oublierons pas les œuvres de la police.

— Pardonnez-moi une indiscrétion, dit Higgins à voix presque basse : acquitterez-vous sans difficulté les frais inhérents à cet énorme héritage?

Amanda Warrant fit face à l'ex-inspecteur-chef.

— Ces insinuations sont scandaleuses!

Son époux la prit par les épaules et la contraignit à se rasseoir.

— Calme-toi, ma chérie.

— Black House, si vous tenez à le savoir, ne sera pour nous qu'une résidence secondaire!

— Non, madame. Le testament vous oblige à y résider en permanence.

— Eh bien, nous troquerons plus grand pour plus petit... et pour des terres improductives, un parc où les mauvaises herbes poussent dix fois plus vite qu'ailleurs et un domaine inexploitable!

— En ce cas, suggéra Scott Marlow, refusez.

— Ce serait faire injure à un mort, estima le gentleman-farmer. Notre honneur consiste à le respecter.

Higgins, apparemment convaincu, opina du chef. Il tint néanmoins à souligner un détail.

— Le Yard étant impliqué dans cette procédure, vous jugerez normal qu'un de ses avocats vérifie le respect des clauses rédigées par le défunt.

Le sourire de Robin Warrant se crispa.

— Rien de plus normal, en effet. Nous-mêmes serons conseillés par un notaire qui nous évitera des erreurs de procédure. Vous comprendrez aisément qu'il me faudra au moins un mois pour régler certaines affaires et emménager.

— Personnellement, répondit Higgins avec un air bonhomme, je n'ai rien à comprendre ; toutes mes félicitations, monsieur Warrant.

— J'exige une protection du Yard, intervint l'héritière.

— Vous sentiriez-vous menacée ? s'étonna Marlow.

— Black House pourrait être pillée. En attendant notre arrivée, que le domaine soit surveillé.

— C'est tout à fait impossible car...

— Je m'en occupe, dit Higgins. Avec votre permission, je m'installerai dans l'un des salons et veillerai sur l'intégrité dc vos biens.

— Parfait. Eh bien, messieurs, merci pour votre aide.

Elle sortit la première, suivie de son mari qui salua gauchement les policiers.

— Enfin, Higgins ! Pourquoi cette idée saugrenue ?

— Pour respecter la légalité, mon cher Marlow. Je vous sais très pointilleux sur ce chapitre et ne voudrais pas vous causer le moindre souci.

Le superintendant ne doutait point de la sincérité de son collègue, mais savait aussi que Higgins détestait résider ailleurs que dans son domaine ; qu'il accepte de rester éloigné de chez lui aussi longtemps devenait éminemment suspect. Cette fois, le superintendant oserait questionner davantage.

— Pardonnez-moi, Higgins, mais...

— Vous ne me croyez pas tout à fait.

Marlow, honteux, baissa la tête.

— Et vous avez raison.

Le superintendant regarda à nouveau son collègue en face.

— Que craignez-vous, Higgins ?

L'ex-inspecteur-chef fit les cent pas dans le bureau moderne, mal proportionné et manquant d'air frais.

— Il flotte une odeur de mort insatisfaite autour de cette affaire.

Marlow sursauta.

— Des innocents seraient-ils en danger ?

— Je l'ignore.

— Vous soupçonnez déjà Robin Warrant ou sa femme, ou bien les deux.

— Soupçonner est un bien grand mot.

— En tant qu'héritiers, les voici en première ligne.

— Vous oubliez les corgies de la reine.

— Higgins ! On ne doit pas plaisanter avec ces sujets-là.

— Je ne plaisante pas : si ces chiens jouent un rôle dans cette machination, ce n'est pas par hasard.

— Vous ne voulez pas dire que la Couronne serait mêlée, d'une manière ou d'une autre, à ce mystère... si mystère il y a !

— Faut-il vous rappeler les faits ?

Marlow bougonna.

— Tout s'expliquera dès que nous connaîtrons l'identité de la morte.

— Ce n'est pas impossible.

Le téléphone sonna. Marlow écouta, pâlit.

— Le grand patron me demande.

CHAPITRE X

Higgins songeait à une époque lointaine où l'homme était en harmonie avec l'univers et où la mort s'intégrait à la vie ; si Scotland Yard était né, il avait vocation de lutter contre le crime élevé par des esprits diaboliques à la hauteur d'un art. Rien ne prouvait, certes, que la jeune inconnue ait été victime d'un assassin ; mais l'ex-inspecteur-chef avait trop souvent respiré le parfum du meurtre pour ne pas accorder le plus grand intérêt à la mise en scène de Black House. Higgins dialoguait déjà avec l'être, encore invisible, qui avait déposé le corps de l'inconnue sur la table de marbre.

Le superintendant entra en trombe dans son bureau dont il claqua la porte avec une violence inhabituelle ; son visage congestionné prouvait assez l'émotion intense qui l'habitait.

— C'est abominable, Higgins, abominable !

— Le grand patron vous aurait-il mis à la retraite d'office ?

— Pis encore... il m'interdit de faire paraître dans les journaux la photographie de la jeune morte.

Le regard de l'ex-inspecteur-chef s'assombrit.

— Pour quelle raison?

— Intérêt supérieur de la Couronne. L'expertise montre que la cause du décès est naturelle, aussi notre enquête doit-elle s'arrêter là. Quant à l'héritage, il sera l'occasion d'une bataille juridique.

Accablé, le superintendant s'effondra dans son fauteuil.

— Il n'en est pas question, affirma tranquillement Higgins.

— Pardon?

— Pour préserver votre carrière, vous êtes tenu d'obéir. Mais, je suis à la retraite; aucune mesure administrative ne saurait me toucher.

— Tout de même...

— Faites-moi confiance, mon cher Marlow. Je vais m'installer à Black House. De votre côté, restez en contact avec le laboratoire, il ne vous est pas interdit de recevoir le résultat des investigations en cours.

— Certes, mais comment communiquerons-nous?

— Très discrètement : je vous contacterai.

***

Abandonnant un Marlow désemparé, Higgins prit un taxi et se fit conduire à Black House. A moins de trente kilomètres de Londres, un autre univers, fermé et inquiétant, l'attendait. L'ex-inspecteur-chef ne se satisfaisait pas de la situation. La mise sur la touche de son collègue et l'absence d'une aide efficace du Yard le contraignaient à un travail énorme et délicat; indices à examiner, pistes à suivre, pièges à éviter... seul, la tâche s'annonçait presque impossible. C'est sans doute ce qui décupla son énergie; à lui de trouver les points d'appui aux bons moments, de faire confiance à l'ordre, à la méthode et à son carnet noir. De plus, Higgins disposait d'un avantage certain : il prenait son temps. A plusieurs reprises, l'ex-inspecteur-chef s'était heurté, lors d'une enquête, à des délais impératifs; il n'avait jamais, cependant, pris le temps des autres et s'était imposé de garder son propre rythme de pensée et d'action en l'adaptant aux circonstances.

En ouvrant la porte ridicule de l'énorme bâtisse, son estomac se contracta. Black House le rejetait, tentait d'expulser un corps étranger qui perturbait une quiétude poussiéreuse et lugubre. En Orient, pendant sa jeunesse, Higgins avait appris à maîtriser la peur; non qu'il l'ignorât, mais il était capable de la tenir en laisse et de l'apprivoiser, de manière qu'elle ne troublât point sa réflexion. Cette fois, en avançant dans le couloir, il faillit prendre ses jambes à son cou et rebrousser chemin. Il s'immobilisa, reprit son souffle; combien de fois s'était-il trouvé dans des situations beaucoup plus critiques que celle-là? Pourquoi une demeure abandonnée et silencieuse le troublait-elle de cette manière?

Répondre trop tôt à des questions d'apparence insoluble était un défaut majeur des jeunes enquêteurs; avides de vérité et de gloriole, ils se précipitaient tête baissée sur une certitude artificielle qui les empêchait de conserver une vision objective de la situation. Higgins se contenta de noter un fait; plus tard, il prendrait sans doute sa place dans un puzzle dont l'ex-inspecteur-chef possédait trop peu d'éléments.

Il établit son quartier général dans un grand salon, proche de l'escalier qui menait à l'étage supérieur. A l'aide d'un plumeau découvert sur une commode, il épousseta les housses, les ôta et les replia. Apparurent de confortables fauteuils de cuir, une table basse en bois laqué, un bureau Regency, un canapé rouge en demi-lune ; de part et d'autre d'une armure médiévale, de grands tableaux représentaient des membres de la famille de Sir Timothy. Quand Higgins eut allumé une dizaine de bougies, il put contempler un chef-d'œuvre : une cheminée ancienne, dont la partie fermée montait presque jusqu'au plafond, était décorée de sculptures en marbre d'Italie travaillées avec une incroyable finesse ; au centre, une vierge mélancolique encadrée d'une tête d'homme et d'un buste de femme ; les inscriptions précisaient leur identité ; l'ancêtre fondateur de la lignée des Robbins et son épouse bien-aimée. Higgins se trouvait sans doute dans le sanctuaire de Black House, à l'endroit où le dernier propriétaire contemplait un riche passé. Le visage féminin ressemblait étrangement à celui de la jeune morte, quant à celui de l'homme, il rappela à l'homme du Yard qu'il ne connaissait aucune photographie de Sir Timothy. Était-ce bien le personnage présent sur le cliché, oublié, volontairement ou non, dans la chambre noire ?

Une fouille longue et minutieuse se solda par un échec. Nulle part dans la demeure, Sir Timothy n'avait laissé un portrait de lui-même. Indifférence à sa propre personne ou désir de se dissimuler ? Ce mystère-là, Higgins l'éclaircirait ; encore fallait-il ne pas brouiller les traces et disposer d'un matériel dont il manquait.

L'ex-inspecteur-chef essaya le canapé : il était suffisamment dur pour y dormir. Plus la surface de repos était rigide, mieux le dos se portait. Higgins alluma un feu dans la cheminée spacieuse ; l'odeur d'humidité commença à se dissiper et la température de la pièce, au moins dans la partie proche du foyer, devint acceptable. Avant de partir pour ce curieux exil, Higgins avait pris soin de faire les emplettes nécessaires pour s'assurer une hygiène autonome et demeurer impeccablement habillé. Négligé, un enquêteur commettait des négligences.

Trafalgar manquait à Higgins. En un lieu comme celui-là, la médiumnité naturelle du siamois eût été fort utile ; il se serait assoupi à un endroit chargé d'ondes négatives et donc porteur d'indices intéressants ; privé de son aide, l'ex-inspecteur-chef devrait se contenter de ses facultés humaines.

Demain, Higgins ferait quelques provisions dans un village voisin, avec l'espoir que quelqu'un lui parlerait de cet énigmatique aristocrate qui se cachait si bien derrière sa mort. Un peu somnolent, l'esprit vagabond, l'âme tiédie à la douce chaleur du feu de bois, Higgins songea aux vers de la poétesse Harriett J.B. Harrenlittlewoodrof à laquelle les vrais amateurs de littérature, oublieux du snobisme des petits cénacles prétentieux, promettaient un prix Nobel :

Et voici que la nuit poudroie sur les remparts

De ton infortune,
Et voici que le jour rougeoie sur les créneaux
De ta fortune;
En paix, en paix, mon ami lointain,
Chemine sans chemins.

Un craquement insolite troubla la méditation de l'ex-inspecteur-chef. A coup sûr, il ne provenait ni de ses genoux ni de son fauteuil. Tendant l'oreille, Higgins en perçut un deuxième puis un troisième. Le bruit s'intensifia et se rapprocha.

Sans nul doute quelqu'un venait de s'introduire dans la demeure.

Higgins n'attendait pas un résultat aussi précoce; à peine s'installait-il à Black House que les événements se précipitaient. Ravi de cette bonne fortune, il éteignit toutes les bougies; à lui de se comporter comme un félin, invisible et silencieux, pour connaître le but de cette expédition nocturne. Le visiteur se dirigeait-il directement vers la chambre noire?

Le nouvel hôte de l'immense demeure n'utilisait aucune lumière. Higgins se guida sur le bruit de ses pas et se cacha derrière une armure pour le voir passer; habitué à percer les ténèbres, il n'aperçut qu'une forme longiligne, toute de noire vêtue, bras tendus devant elle à la manière d'un somnambule. La forme traversa les salons sans marquer la moindre hésitation, grimpa l'escalier et prit la direction de la chambre noire à une allure tranquille mais soutenue.

Parvenue devant la porte dérobée, la mystérieuse personne s'agenouilla et poussa un cri.

— Non, non ! Je ne peux pas, je ne dois pas !

Puis elle s'effondra, évanouie.

Higgins alluma une bougie et humecta les joues de la surprenante visiteuse avec un mouchoir parfumé à la lavande.

Visiteuse, car, sous cet habit de Fantômas, se cachait une très jolie femme d'une trentaine d'années aux formes épanouies.

CHAPITRE XI

Elle ouvrit des yeux affolés, couleur noisette.
— Qui... qui êtes-vous?
— Higgins, Scotland Yard.
— La... la police?
— En quelque sorte.
— Vous m'arrêtez? Quel crime ai-je commis?
— Pour le moment, simple violation de domicile.
— Violation de domicile... où suis-je donc?
— Vous l'ignorez?
— Tout à fait.
— Voilà qui ne simplifie pas les choses. Puis-je vous relever? A mon avis, nous discuterions plus à l'aise dans mon domaine.
— Vous êtes... le propriétaire des lieux?
— Leur gardien temporaire.

La jeune femme donna sa main à Higgins qui l'aida à se mettre sur pied. Hagarde, elle regarda autour d'elle, comme si elle voyait l'endroit pour la première fois.

— C'est la voix de Swedenborg qui m'a demandé de venir ici parce qu'un grand malheur s'y est produit... j'ai obéi, comme d'habitude. Il m'a plongée dans l'extase et a guidé mes pas.

— Qu'il en soit remercié ; ainsi, nous avons pu nous rencontrer.

— Le mal n'est pas parti... il est là, je le sens !

— Nous avons besoin d'un peu de détente ; suivez-moi.

Docile, elle donna le bras à Higgins. Elle continuait à regarder autour d'elle comme une enfant stupéfaite de découvrir un monde nouveau.

— C'est donc la première fois que vous venez ici, demanda Higgins en l'asseyant dans un fauteuil, face à la cheminée.

— La première fois, oui, et j'ai peur...

— Rassurez-vous, je suis là.

Elle sourit.

— C'est vrai, vous êtes rassurant ; votre voix est douce et chaude. Vous n'êtes pas policier, n'est-ce pas ?

— Il faut bien que certains se sacrifient. Pourrais-je connaître votre nom ?

— Irina Smith.

— Anglaise ?

— Russe d'origine et née Petrovosky. Mes parents sont morts à Londres quand j'avais trois ans. Orphelinat, employée de maison et la rencontre... la grande rencontre !

— Avec Swedenborg ?

Les yeux noisette s'illuminèrent.

— Vous le connaissez aussi...

L'ex-inspecteur-chef fouilla dans sa mémoire.

— Né à Stockholm en 1866 et mort à Londres en 1772, géologue, assesseur extraordinaire au collège des Mines, biologiste, membre de la Chambre des Nobles, détenteur d'un siège à la Diète des États de Suède, auteur des *Arcanes célestes de l'Écriture sainte ou parole du Seigneur dévoilée ainsi que les merveilles qui ont été vues dans le monde des esprits et dans le ciel des anges* : vingt tomes de sept mille pages que j'avoue n'avoir pas lus en entier.

— C'est... c'est merveilleux ! Vous aussi, vous êtes un illuminé !

— N'exagérons rien.

Irina Smith devint grave.

— Swedenborg a reçu de Dieu, qui lui est apparu sous la forme d'un homme vêtu de pourpre, la mission d'expliquer à l'humanité le sens secret de l'Écriture sainte. Le Christ en personne l'a chargé de dévoiler les arcanes célestes.

— Vaste programme.

— C'est pourquoi il a besoin de disciples habités, comme lui, par le surnaturel, afin de préparer la Nouvelle Jérusalem où les hommes vivront à nouveau en compagnie des anges.

— Ils en auraient le plus grand besoin, reconnut Higgins.

Elle leva les bras au ciel.

— Quelle récompense ! Ainsi, vous partagez ma vision !

— Disons que j'en comprends les grandes lignes ; que vous a-t-elle appris d'autre ?

— Que la maison où je réussirais à exorciser le mal deviendrait la propriété de l'âme de Swedenborg et qu'il s'y établirait avec joie.

Higgins, qui avait découvert un bar derrière le bureau Regency, proposa du whisky à la jeune femme. Elle refusa avec vigueur, affirmant que l'alcool supprimait toute faculté de vision de l'au-delà. Higgins, renonçant à faire tourner les tables, se servit un verre.

— Malheureusement pour Swedenborg, il y a déjà des héritiers.

— Peu importe, répondit-elle. Ils sont forcément illégitimes.

— La justice réclamera des preuves... un testament, par exemple.

— Je n'en ai pas besoin; l'authenticité de ma vision suffira. Je n'étais jamais venue ici auparavant; depuis Londres, j'ai conduit en demi-sommeil puis me suis remise au génie qui me guidait; n'est-ce pas la plus éclatante des preuves?

— D'un certain point de vue, certainement.

— Ce qui compte, inspecteur, ce sont les liens invisibles. Si Swedenborg revendique Black House, il a de meilleures raisons que n'importe quel héritier soi-disant légitime; je saurai défendre sa cause, croyez-moi!

— Je vous crois. Votre vision vous a-t-elle parlé d'un chien?

Irina réfléchit. Sa combinaison noire lui donnait l'allure d'un ange déchu.

— Non.

— Connaissez-vous Sir Timothy?

— Ce nom m'est totalement étranger.

— Celui de Robbins également?

— Également.

— Un point me trouble... vous vous dirigiez vers un endroit précis de cette demeure. Lequel?

— Les anges ne m'ont rien dévoilé à ce sujet.

— Vous avez poussé un cri et prononcé quelques paroles... vous en souvenez-vous ?

— Non. C'est toujours ainsi ; la mémoire me reviendra peut-être.

— J'en serais comblé.

— Cela ne dépend pas de moi, mais des anges.

— Dois-je conclure que vous ignoriez l'existence d'une chambre noire ?

— Vous le devez.

— Aucune vision de son contenu, par conséquent ?

— Aucune. Dites-moi, inspecteur... je peux vous appelez inspecteur ?

— S'il vous plaît.

— Vous vivez seul, dans cette immense maison ?

— En effet.

— Je vous accorde le droit de rester tant que mon titre de propriété n'aura pas été reconnu par les faux héritiers.

— Vous êtes trop aimable.

— Comment vous nourrissez-vous ?

— Eh bien...

— Je m'en occupe. Un homme comme vous doit manger des nourritures saines : légumes verts, fruits secs et pain au son. Ne vous souciez plus de ces détails matériels ; vos provisions, je m'en charge.

Avant que Higgins n'ait eu le temps d'émettre une observation, elle se leva, traversa le salon en courant et disparut dans l'interminable enfilade de pièces.

L'ex-inspecteur-chef vida son verre et pencha la tête en arrière ; quelques secondes de repos semblaient nécessaires. Comme il ne se fiait pas à sa mémoire, Higgins ne sombra dans le sommeil qu'après avoir pris quantité de notes sur Irina Smith. Une messagère de l'au-delà méritait la plus grande attention.

CHAPITRE XII

La cabine téléphonique de Stanford trônait au milieu d'un champ abandonné ceinturé par des haies vives ; lorsque l'administration l'avait implantée, elle espérait, sur la foi d'une étude d'expert, qu'un village entier de travailleurs agricoles viendrait s'installer là. L'illusion évanouie, la cabine demeurait. Higgins ne pouvait dénicher endroit plus tranquille.

Malgré le vent et la pluie, il entendit le bruit caractéristique du moteur de la vieille Bentley, à mi-chemin entre l'agonie d'un cargo en train de couler et celle d'un avion incapable de décoller. La voiture râla et le silence revint. De la nuit sortit le superintendant, vêtu d'un imperméable fripé et trempé.

— Bonsoir, Higgins. J'ai eu du mal à vous trouver.

— Cet endroit est peu fréquenté. Vous n'y rencontrerez aucune sommité du Yard.

— Le climat est détestable.

— Vous êtes bien sévère.

— Je veux parler du bureau. L'enterrement de l'affaire Robbins ne plaît pas à tout le monde.

— Subsisterait-il une once d'idéal ? Quoi qu'il en soit, j'ai besoin de vous.

— Avez-vous une idée plus claire de la situation ?

— Plutôt plus embrouillée ; à ce stade de l'affaire, rien d'anormal. Aucune indiscrétion sur l'identité de la jeune morte ?

— L'enquête est *vraiment* arrêtée, Higgins. Personne ne veut savoir qui est cette malheureuse.

— Mais si, vous et moi. C'est pourquoi j'ai une requête à vous adresser.

Marlow rentra les épaules.

— Dans la mesure où cette affaire est étouffée, les indices n'ont plus aucune importance ; aussi aimerais-je les récupérer.

— Vous voulez dire... les pièces à conviction ?

— De bien grands mots pour de si petites choses : un chapeau, une paire de chaussures, une coupe de vin, une photographie...

— Vous voulez tout ?

— Je n'ai pas à persuader un professionnel de votre qualité.

— Mais enfin, Higgins... vous me demandez de voler Scotland Yard ?

— Comme vous y allez, mon cher Marlow ! Un simple emprunt pour aider à l'établissement de la vérité. Mon intention est d'utiliser chacun des indices pour remonter une piste, fût-elle courte. Il vous suffira de signer les formulaires administratifs et de commettre une erreur de classement.

— C'est tout de même risqué...

— Indéniable.

Higgins abandonna Marlow à sa conscience ; il ne

voulait pas intervenir dans le débat opposant le superintendant à lui-même. A la croisée des chemins, ce dernier tenait le sort de l'enquête entre ses mains.

Trempé, maugréant, Scott Marlow tourna le dos à son collègue.

— Bon... demain soir, ici, à la même heure.

⁂

Les horloges marquaient 9 heures quand Higgins se présenta devant le siège de la Swedenborg Society, dans Bloomsbury Way. Un ample drapeau bleu, coincé derrière un échafaudage, révélait la présence céleste de l'énigmatique association ; dans une vitrine, un grand panneau avec un texte prometteur : « Avez-vous lu *Le Ciel et la terre* de Swedenborg ? Ces pages vous révéleront ce qui se passe quand nous mourons, et contiennent la description de ce qui arrive après la mort. »

« Est-ce bien nécessaire ? » se demanda Higgins en sonnant à la porte d'entrée. Un homme d'une cinquantaine d'années, un peu voûté, le menton couvert d'une barbe grise, l'air aussi sérieux qu'un prélat s'apprêtant à célébrer la messe, ouvrit très lentement.

— Vous désirez ?

— M'entretenir avec Irina Smith.

— De la part de qui ?

— Higgins, Scotland Yard.

— Il n'y a pas d'Irina Smith ici.

L'homme commença à refermer la porte.

— Vous devriez m'accueillir avec davantage d'empressement.

— Pourquoi donc?

— Parce que vous pourriez être accusé de complicité dans une affaire criminelle.

L'homme pâlit.

— Moi?

— Je n'aperçois personne d'autre.

— Entrez.

Le salon d'attente de la Swedenborg Society était cossu et feutré. Ici, on parlait à mi-voix et on ne faisait pas de gestes brusques; peut-être, avec un peu d'habitude et beaucoup de recueillement, percevait-on le bruissement des ailes des anges.

— Je m'appelle Cary Rodson et suis le gérant de cette honorable société; elle n'a jamais connu le moindre scandale depuis sa fondation. Vous admettrez que la plus grande discrétion est ici de rigueur.

Higgins jeta un coup d'œil aux portraits de Swedenborg et aux premières éditions de ses œuvres exposées dans des vitrines que fermaient des cadenas.

— Mlle Smith est votre collaboratrice, je suppose?

— Je vous répète que je ne connais pas cette personne!

Entra dans le salon d'attente une Irina Smith flamboyante, vêtue d'une robe noire au profond décolleté dorsal et rehaussé d'un énorme nœud rose pendant depuis le milieu du dos jusqu'à mi-cuisses; les cheveux noirs serrés dans un chignon, les ongles peints en rouge, le cou long et fin mis en valeur par un collier d'ambre, la voyante semblait d'excellente humeur.

— Inspecteur ! Quel plaisir de vous revoir... je partais vous porter des provisions ; c'est gentil d'être venu jusqu'ici.

L'homme à la barbe grise se tassa dans un coin de la pièce.

— J'aime voir les gens dans leur cadre d'existence. Connaissez-vous ce monsieur ?

Irina Smith éclata de rire.

— Nous vivons ensemble depuis quelques années... nous ne sommes pas mariés, mais c'est tout comme. Vous n'êtes pas choqué, j'espère ?

— C'est le mensonge de M. Rodson qui me choque.

La voyante s'approcha de son compagnon.

— Qu'est-ce que tu as raconté, Cary ?

— Je voulais te protéger. C'est la police, tu sais.

— Bien sûr que je sais !

Elle le consola comme un garnement pris au piège.

— Il faut lui pardonner, inspecteur ; Cary prend toujours soin de moi. Il est si sensible que le moindre incident le trouble.

L'incriminé opina du chef. Le téléphone sonna ; il décrocha, déclara « Société Swedenborg », et, de la main gauche, nota un nom et une adresse sur un bloc-notes.

— Un client, expliqua-t-il : il commande l'œuvre complète de Swedenborg.

— Bonne nouvelle, admit Higgins, mais il y en a une mauvaise : je ne vous crois pas.

Cary Rodson recula et s'adossa à un mur.

— Un client, je vous assure...

— Ne jouez pas les imbéciles, monsieur Rodson.

De nouveau, Irina protégea son ami.

— Inspecteur ! Ne soyez pas si dur…

Cary Rodson se dressa de toute sa hauteur.

— Laisse, Irina. Je crois que nous devrions dire la vérité.

CHAPITRE XIII

— Es-tu bien sûr, Cary...

— Oui, chérie. Garder plus longtemps le silence serait une faute impardonnable. Passons dans notre appartement, inspecteur.

L'adepte de Swedenborg semblait disposer d'une double personnalité : tantôt docile, humble, presque passif, tantôt autoritaire et décidé. C'est lui qui guida Higgins, le précédant dans un couloir orné de figures d'anges et l'introduisant dans un salon bourgeois, sans aucune note d'originalité, à l'exception d'un portrait en pied du mystique suédois.

— Désirez-vous un peu d'eau ? L'alcool nous est interdit.

— Oublions les mondanités, monsieur Rodson.

Le barbu ressembla de nouveau à un chien battu.

— C'est épouvantable de dénoncer la femme qu'on aime, mais je dois le faire pour son bien.

Irina Smith ne se révolta pas.

— Si tu l'estimes nécessaire...

— Swedenborg voulait la vérité et la droiture.

Le couple jeta un œil ému au portrait du grand

homme. Higgins n'envenima pas la situation; il attendit patiemment que l'un ou l'autre des tourtereaux se décidât à parler; Cary Rodson se jeta à l'eau.

— Ce n'est pas facile à expliquer... un profane critiquerait volontiers.

— Je m'en garderai, assura Higgins.

— Irina est une authentique voyante; les anges lui envoient des messages à n'importe quelle heure du jour ou de la nuit, d'une durée très variable. D'ordinaire, ce sont des flashs; elle est absente quelques minutes puis elle reprend ses esprits, sans aucun souvenir. Quelques heures après, la mémoire lui revient.

Irina Smith approuva, couvant son compagnon du regard. Ou bien ils jouaient une comédie appuyée, ou bien ils étaient réellement très amoureux.

— La semaine dernière, poursuivit Cary Rodson, Irina m'a annoncé qu'elle ressentait d'étranges vibrations; la nuit, je me réveillai en sursaut et constatai qu'elle avait disparu; j'aurais peut-être dû appeler la police mais j'ai fait confiance aux anges; ils protègent Irina depuis si longtemps!

Elle lui sourit, ravie.

— Irina est revenue au petit matin. Elle a garé la voiture dans la rue, est entrée ici comme une somnambule. Je l'ai allongée et j'ai attendu qu'elle fût en état de parler. Un véritable torrent, inspecteur, un flot de paroles d'abord incohérentes puis de plus en plus claires.

— Bien entendu, mademoiselle, vous ne vous souvenez de rien.

— De rien, inspecteur; mais vous pouvez faire confiance à Cary. Sa mémoire est extraordinaire et il est à l'écoute permanente du message des anges.

« Heureux mortel », songea Higgins, avec l'espoir que la société des anges fût réellement très différente de celle des hommes.

Cary Rodson passa la main dans sa barbe grise.

— Ce que je veux révéler, annonça-t-il avec la plus grande gravité, est difficile à admettre. Il s'agit pourtant de la vérité. Irina...

— Va, mon chéri. M. Higgins est un être bon et généreux; il ne me fera aucun mal.

— Soit, puisque tu me le demandes. Voici donc, inspecteur, ce qui s'est passé cette nuit-là, il y a une semaine, d'après les révélations d'Irina. En état d'hypnose; elle a conduit jusqu'à une vaste demeure isolée et s'est garée dans le parc. Se heurtant à une porte close, elle a été conduite vers une fenêtre mal fermée et s'est introduite à l'intérieur d'un lieu maléfique, peuplé de richesses innombrables. La caverne de l'enfer, d'après les anges, un repaire de Satan d'où il fallait extirper le mal!

L'adepte de Swedenborg s'interrompit pour essuyer une goutte de sueur perlant à la commissure de ses lèvres.

— Ensuite...

Il leva des yeux de noyé vers l'ex-inspecteur-chef.

— Prenez votre temps, monsieur Rodson. C'est tout à fait passionnant.

— Ensuite, Irina est montée à l'étage, a traversé des chambres et ressenti de plus en plus nettement la présence du diable. Elle a eu envie de s'enfuir mais les anges lui ont donné le courage de résister. Ils ont guidé sa main vers l'entrée cachée d'un antre obscur où le noir prédominait. La gueule de l'enfer, inspecteur !

Cary Rodson, impressionné par son propre récit, suait à grosses gouttes.

— Toujours aucun souvenir, mademoiselle ?

— Aucun, inspecteur. J'ai tout raconté à Cary en état de transe ; c'est beaucoup plus fiable que la mémoire.

Elle prit la main gauche de son compagnon dans sa main droite et la serra tendrement.

— Avance, mon chéri ; je te donne mon énergie.

Stimulé, il acheva les révélations.

— Irina, malgré sa peur, entra dans la petite pièce. Elle vit un cadavre de jeune fille, enveloppé dans un linceul blanc ; désemparée, elle ne savait plus s'il s'agissait d'une créature de Dieu ou du diable ! Le corps avait subi une sorte de momification qui empêchait la corruption. Irina en conclut qu'elle pouvait s'approcher et la toucher mais la voix des anges le lui interdit.

— N'a-t-elle pas cité d'autres détails ?

— Non, inspecteur. Elle n'a parlé que de ce cadavre.

— Les anges se sont-ils exprimés davantage ?

— Ils lui ont demandé de quitter cet endroit, de revenir chez elle et de proclamer son droit à la propriété de la demeure ; l'âme de Swedenborg veut y reposer.

— C'est plutôt contradictoire, monsieur Rodson ; si elle est à ce point maléfique, pourquoi votre maître vénéré désire-t-il y résider ?

— Je suis incapable d'interpréter la voix des anges ; je sais qu'il faut y obéir. A dire vrai, j'espérais que cette histoire finirait là, mais, hier soir, Irina est de nouveau partie et, ce matin, elle m'a raconté ce second voyage.

— A-t-elle évoqué notre rencontre ?

— Certes. Elle a précisé qu'une force inconnue, mais non menaçante, l'avait empêchée d'entrer à nouveau dans la chambre mortuaire.

— A-t-elle donné l'identité de la morte ou quelque autre indication à son sujet ?

— Aucune, à part le linceul blanc.

Higgins s'approcha de Cary Rodson.

— Ni la première ni la seconde fois, vous ne l'avez suivie ?

— Inspecteur !

— Vous n'êtes donc pas entré dans le domaine et vous ignoriez qu'il se nomme Black House et qu'il appartenait à un aristocrate, Timothy Robbins ?

— Je le jure ! Que les anges me foudroient si je mens !

Irina le serra dans ses bras comme un enfant abandonné ; de son écriture rapide et précise, Higgins prit des notes sur le carnet noir consacré à une affaire de plus en plus mystérieuse.

— Je dois malheureusement poser une question très délicate... les anges n'auraient-ils pas confié à Mlle Smith la mission d'éliminer le mal que symbolisait cette jeune fille ?

— Tout à fait impossible, répondit-elle, sereine. Mon rôle consiste à percevoir et à dévoiler la réalité cachée ; je ne possède aucune autre compétence.

— Une fois le mal mis en évidence, ne le combattez-vous pas ?

— C'est le travail de Cary. Bien qu'il soit modeste, lui aussi reçoit des messages célestes. Le jour où il faudra partir en croisade et terrasser le dragon, il sera prêt.

— Pour le moment, précisa l'intéressé, je n'ai pas eu l'occasion d'agir.

— N'oubliez pas l'essentiel, recommanda la jeune femme : ce domaine sera bientôt le nôtre. Cary et moi comptons sur vous pour faire respecter nos droits ; les anges ne plaisantent pas. S'ils étaient lésés, ils déclencheraient de terribles catastrophes. En attendant, je vous raccompagne avec vos provisions.

CHAPITRE XIV

Outre ses dons de voyante, Irina possédait d'indéniables talents de cuisinière. Son ragoût de mouton était savoureux et bien épicé; quant à la qualité de ses achats, il n'y avait rien à redire. La future propriétaire de Black House tenait à traiter correctement son premier hôte.

La journée fut paisible. Après le départ d'Irina qui devait livrer deux collections complètes des œuvres de Swedenborg à d'heureux acheteurs, il ne se produisit aucun incident notable; Black House s'enfonçait dans un silence morbide où l'ombre d'une morte inconnue hantait les salons et les chambres.

Higgins se familiarisa avec la demeure, tenta de l'apprivoiser et d'apprendre son langage; mais une barrière invisible refusait de s'abaisser. Black House continuait à refuser la présence d'un étranger bien qu'il fût discret et respectueux. L'ex-inspecteur-chef arpenta les multiples pièces, souleva lcs housses, dialogua avec les tableaux, admira les meubles anciens : vaines tentatives. Le domaine de Sir Timothy garda son secret.

La nuit venue, l'ex-inspecteur-chef se rendit à la cabine téléphonique de Stanford; Scott Marlow y arriva avec une dizaine de minutes de retard. La Bentley, souffrant d'un refroidissement, avait connu un démarrage difficile. Le superintendant tenait un sac de voyage, collé près du corps; les ténèbres empêchèrent son collègue de voir le rouge qui lui montait au front.

— Tout est là, Higgins... le chapeau, les chaussures, la coupe et la photo.

— Pas trop de difficultés?

— Des échanges de fiches. Comme l'affaire est bel et bien abandonnée, le labo a d'autres chats à fouetter. Vous consulterez ses notes de synthèse; moi, je n'ai pas eu le courage de les lire.

— Ne désespérez pas, mon cher Marlow; j'ai déjà exploré un début de piste.

— Ah?

L'ex-inspecteur-chef relata l'essentiel des événements récents et résuma les entretiens avec Irina Smith et Cary Rodson.

— Si ce n'était pas vous, Higgins, je croirais à une plaisanterie!

— Peut-être une histoire de fous, peut-être pas; la part du mensonge n'est pas encore facile à déterminer.

Une quinte de toux déchira la poitrine du superintendant.

— L'humidité ne me réussit pas... j'éprouve une grande crainte.

— Laquelle?

— Rite satanique et meurtre rituel. Vos deux voyants accumulent les mensonges; plus ils sont énormes, mieux ils passent.

— C'est une tactique efficace, en effet; supposons un instant qu'ils disent la vérité.

— On ne passe pas les menottes aux anges.

— On peut leur poser des questions.

Lorsque Higgins s'engageait sur des terrains mystiques, Scott Marlow refusait de le suivre; l'ex-inspecteur-chef cédait trop facilement à la fascination du mystère.

— A votre place, je les ferais incarcérer sans délai pour troubles de l'ordre public, injures à la morale et violation de domicile. Ce genre de personnage pourrit notre société de l'intérieur.

— Je vous laisse le soin de procéder à cette œuvre purificatrice; vous pourriez commencer par une enquête de routine sur Cary Rodson et sa compagne : vérification d'identité, professions antérieures... je connais votre efficacité dans ce domaine.

— L'enquête est officiellement terminée et...

— La nôtre commence, mon cher Marlow.

***

Quand Higgins poussa la porte de Scott, le fameux chapelier d'Old Bond Street, il songeait encore aux résultats de l'expertise. Sous la tache d'encre, une tache de sang qu'on avait tenté de dissimuler; malheureusement, le rapport technique omettait de préciser l'origine de ce sang ou, plus exactement, lui en attribuait deux : homme ou quadrupède entre dix et quarante kilos. Celui qui avait procédé à cette vérification, en oubliant de supprimer l'une des deux croix, avait compliqué la tâche de l'ex-inspecteur-chef; il était probablement trop tard pour obtenir une analyse correcte. Restait un fait précis : la volonté d'occulter le vestige d'un drame.

Higgins fut reçu par le maître chapelier qui traitait un superbe arrivage de poils de lapin en provenance de Limoges; après l'avoir lavé, séché et cardé, il collerait les poils sur un cône de métal et obtiendrait une première forme d'où naîtrait le futur chapeau. L'ultime secret de fabrication résidait dans un coup de main inimitable, transmis de père en fils; chez Scott, l'amateur le plus exigeant obtenait satisfaction.

— Heureux de vous voir, cher monsieur. Que désirez-vous? Un chapeau de soirée ou de promenade?

— Un avis éclairé.

— Sur ce... haut-de-forme?

— Précisément.

Le maître chapelier examina l'objet avec dédain.

— Voilà fort longtemps qu'il n'a pas été nettoyé. Comment peut-on se montrer négligent à ce point? Pourtant, il s'agit d'un petit chef-d'œuvre.

— Sorti de vos mains?

— Non, mais d'un atelier de qualité. La forme est parfaite.

— Pourriez-vous retrouver le fabricant?

— Attendez-moi quelques instants.

Une dizaine de minutes plus tard, Higgins eut au téléphone un autre maître chapelier avec lequel il prit aussitôt rendez-vous. Ce dernier reconnut sa griffe et confirma avoir coiffé Sir Timothy pendant plusieurs années. L'aristocrate éprouvait un goût particulier pour les hauts-de-forme.

— En possédait-il beaucoup?

— Un seul à la fois... mais souvent renouvelé!

— Le perdait-il?

— Non, c'était un homme méticuleux et soigné.

— Des vols?

— Non plus... un jour, il m'a confié la vérité : le corgy. Il n'aimait que cette race-là et chacun de ses corgies appréciait son haut-de-forme! Le chien jouait avec le chapeau, le mordillait ou le piétinait. Cet exemplaire, si je ne me trompe pas, fut le dernier que je lui ai fabriqué. Un souvenir un peu douloureux pour Sir Timothy...

— A cause d'une personne aimée?

— De son corgy. En voulant lui arracher le haut-de-forme, il avait écorché son oreille et se le reprochait amèrement; comble de malheur, un domestique a dénaturé le chapeau en déposant de l'encre sur la tache de sang. J'avais préparé un autre exemplaire de ce modèle mais Sir Timothy n'est pas venu le chercher. Quand j'ai appris son décès, j'ai compris que le malheureux devait avoir eu des soucis de santé.

L'un des mystères de la chambre noire semblait résolu.

CHAPITRE XV

Higgins fit une longue promenade dans le parc de Black House ; malgré l'abandon du domaine, ce dernier se trouvait dans un état de délabrement anormal. Terre trop sèche, buissons entremêlés, herbe roussie en dépit de quantités normales de pluie, arbres décharnés ou mal vieillis... L'âme de jardinier qui habitait l'ex-inspecteur-chef souffrait de cette misère ; il espérait que les futurs propriétaires, quels qu'ils fussent, prendraient soin de cette nature délaissée.

Morose, Higgins médita dans le salon des ancêtres. L'habitude, cette vieille complice qui ne révélait ses charmes qu'aux êtres attentifs, ne lui prêtait pas main-forte ; les heures passées dans l'immense propriété demeuraient inopérantes. Entre lui et Black House, aucune intimité ne prenait forme ; l'homme et la maison restaient étrangers l'un à l'autre.

En état de veille, sans trace d'aucune transe, Irina Smith apporta le déjeuner : *apple-pie*, harengs marinés et flanc au rhum. Higgins la convia à s'asseoir et à partager le festin mais elle refusa ;

vêtue de noir, coiffée d'un grand chapeau noir, chaussée de noir, elle gardait un charme juvénile, presque fragile.

— Pourquoi refusez-vous, mademoiselle?

Debout, les mains croisées devant elle, crispée, Irina Smith était au bord des larmes.

— Vous êtes persuadé que je vous ai menti, n'est-ce pas?

— Détrompez-vous.

— Vous ne croyez pas que j'ai dit la vérité, j'en suis certaine!

— Il existe tant de formes de vérité... j'enquête afin de déceler celle qui m'intéresse : qui a tué la jeune femme de la chambre noire?

Irina Smith s'assit sur l'accoudoir d'un fauteuil de cuir.

— J'ai réellement reçu un message de l'au-delà, inspecteur. Depuis mon enfance, j'entends des voix. Petite, je n'y prêtais guère attention, cela me paraissait naturel. Quand j'ai lu l'œuvre de Swedenborg, le voile s'est déchiré : c'étaient des anges qui me parlaient. Je n'ai d'autre but que de répandre l'amour de Dieu autour de moi. L'atmosphère d'une enquête criminelle m'est tout à fait étrangère; si je suis venue ici, c'est sur l'ordre des anges!

Higgins avait le visage compréhensif d'un père tranquille, indulgent et prompt à pardonner. Irina se sentit en confiance et décida d'ouvrir son cœur.

— J'ai beaucoup songé à cette malheureuse... à sa manière, c'est un ange, elle aussi... un visage si pur, si radieux et pourtant si tourmenté! Je suis incapable de percer le secret de cette femme... ne fut-elle pas mariée à l'au-delà, à un ange, n'a-t-elle pas éprouvé la nostalgie de la mort, de ce lieu paisible où toute chose est parfaite?

Ému, presque troublé, l'ex-inspecteur-chef ne pouvait se départir d'une certaine méfiance. Au cours de sa longue carrière, il avait dialogué avec des menteurs de génie, des professionnels de la poudre aux yeux et des illusionnistes capables de marcher sur le fil séparant la vérité déguisée du mensonge construit.

— Que savez-vous du passé de votre compagnon?

La question perturba la jeune femme; elle se concentra longuement avant de répondre.

— J'en ignore tout.

— Ne l'avez-vous jamais interrogé sur ce point? Comment vous êtes-vous rencontrés?

— Je suis venue au siège de la société pour acheter l'œuvre de Swedenborg; il m'a offert un tome, m'a proposé de lire des archives inédites. D'entrevue en entrevue, la tendresse est née. Nous avons le même idéal, c'est l'essentiel, non?

Higgins opina du chef.

— Le passé ne nous intéresse pas, inspecteur; seul compte le message des anges. Qui veut le déchiffrer sème l'harmonie en ce monde; Cary est un homme de bien.

Soudain, les yeux de la voyante se révulsèrent. Semblable à un automate, elle marcha à pas saccadés vers le bureau Regency, s'assit et tendit la main droite. Higgins comprit qu'elle souhaitait écrire; il lui offrit papier et crayon qu'elle empoigna. Puis elle écrivit, gravant profondément les lettres dans le papier, au point de le percer à certains endroits. Quelques minutes plus tard, son travail achevé, elle s'effondra la tête en arrière.

Higgins consulta aussitôt le document rédigé en écriture automatique. Le texte correspondait, presque mot pour mot, à la partie du testament de Sir Timothy léguant son domaine au couple Warrant. Événement fort étrange : d'une part, Irina ne semblait pas jouer la comédie puisqu'elle était bel et bien évanouie après cet effort épuisant ; d'autre part, pourquoi aurait-elle favorisé ses principaux adversaires en authentifiant, de manière paranormale, un document qui contrariait ses propres ambitions ? De plus, l'écriture ressemblait peu à celle de Sir Timothy : cela démontrait qu'Irina n'était pas l'auteur des deux parties du testament stipulant les dernières volontés de l'aristocrate et que son cerveau avait enregistré un message *a priori* inaccessible pour lui.

Avec un coin de mouchoir imprégné de whisky, Higgins humecta les tempes de la voyante. Elle s'éveilla doucement, ouvrit les yeux sans reprendre vraiment conscience, regarda le plafond et tourna enfin la tête vers l'ex-inspecteur-chef.

— Où suis-je ?

— Toujours à Black House.

— Vous... vous êtes l'inspecteur Higgins ?

— Rien n'a changé.

— Que s'est-il passé ?

— En état de transe, vous avez écrit un testament.

— Moi ?

— Assurément. Vous souvenez-vous du texte ?

— Non, je vous jure que non!

Irina Smith était réveillée. Elle repoussa sa chaise avec violence.

— Ça ne m'était jamais arrivé! J'ai peur, inspecteur... je ne comprends plus!

Higgins lui prit la main, l'obligea à se rasseoir et à se calmer.

— Pour être franc, mademoiselle, je suis un peu dans votre cas, nous lutterons donc ensemble.

— Merci, inspecteur; surtout, ne m'abandonnez pas!

— Je serais très fautif. Êtes-vous certaine d'ignorer l'existence de M. et Mme Warrant?

— Je n'ai pas la mémoire des noms... ceux-là me sont tout à fait inconnus. Pourrais-je lire ce que j'ai écrit pendant ma transe?

Higgins plia le papier et le mit dans sa poche.

— Vous... vous refusez?

— Pour votre bien, mademoiselle.

— Ai-je parlé de vous et de votre vie privée?

— Rassurez-vous.

— De Cary?

— Craindriez-vous des révélations sur son passé?

Elle bouda.

— J'ai déjà dit que je m'en moquais.

— Oublions cet incident et rentrez chez vous; calme et repos vous sont nécessaires. Vous semblez épuisée.

— Je le suis. Je ne saurai donc pas...

— C'est préférable.

Elle se leva, sans nervosité.

— Il faudra que j'habite ici; les anges ne se trompent jamais.

« Les anges sont vraiment des êtres à part », songea Higgins, de plus en plus perplexe. Se heurter au crime était déjà une tâche assez rude ; y intégrer des forces invisibles et des esprits errants nécessitait des capacités de surhomme. Un Britannique de vieille souche, par bonheur, avait forcément dans sa famille un ou deux fantômes de bonne qualité et ne manquait pas d'entretenir avec l'au-delà des relations distantes mais cordiales ; aussi des phénomènes que des cerveaux cartésiens à la française rejetaient d'emblée ne distrayaient-ils pas l'ex-inspecteur-chef de son enquête.

— Un instant, mademoiselle... aimez-vous les chiens ?

— Oui... ni moins ni plus que les chats.

— Les anges ne vous ont-ils pas parlé d'un chien en rapport avec ce domaine ?

— Non... vraiment non.

CHAPITRE XVI

Watson B. Petticott, l'une des têtes pensantes de la Banque d'Angleterre, confident obligé des plus hautes personnalités, ami intime des ministres, avait raté sa carrière. Sa véritable vocation, c'était le crime, le poste qu'il aurait aimé occuper : inspecteur-chef de Scotland Yard, sur la piste des assassins de tout poil. Au lieu de cette merveilleuse aventure, il se contentait de brasser des milliards de livres sterling et de jouer un rôle prépondérant dans l'économie britannique. Homme austère, peu communicatif, Watson B. Petticott avait la chance de connaître le plus fidèle des amis : l'ex-inspecteur-chef Higgins, camarade de collège et enquêteur inimitable. Grâce à lui, le banquier connaissait le dessous des cartes, qu'aucun journal ne publierait jamais. Quand Higgins recourait à ses services, la journée de Watson B. Petticott était illuminée.

Ce matin-là, précisément, il était au bout du fil.

— Un meurtre affreux ou une affaire sordide ?

— Impossible à dire, Watson.

— Tu ne me cacheras rien ?

— Pour le moment, rien n'est clair. Sir Timothy Robbins...

— Le vieil aristocrate récemment disparu ? Victime ou assassin ?

— Dieu seul le sait.

— Tu ne tarderas pas à partager ses connaissances ! Sir Timothy était à la fois riche et pauvre ; pauvre, parce que ses déplacements à l'étranger ne lui ont pas porté chance ; riche, parce que son domaine de Black House, l'une des plus vastes propriétés autour de Londres, est une véritable caverne d'Ali Baba. Les corgies de la reine en ont hérité ; mais la bataille juridique sera rude. Je suppose que d'autres prétendants se sont manifestés ?

— D'une certaine manière...

— Et tu souhaites que je me renseigne sur eux ?

— Tu es le plus intuitif des banquiers, Watson.

— Donne-moi leurs noms ; dans une heure, tu seras informé ! Où dois-je te contacter ?

— Je suis difficile à joindre ; c'est moi qui te rappellerai.

⁂

Selon son habitude, l'ex-inspecteur-chef fut ponctuel ; Watson B. Petticott, après avoir annulé deux réunions pour mettre son service sur l'affaire, possédait la documentation demandée.

— Les Warrant sont mariés depuis une vingtaine d'années, révéla le banquier à Higgins ; pas d'enfants et pas d'histoires. Parents décédés des deux côtés, deux héritages confortables, une grande ferme dans le Sussex avec des pommiers et un élevage de moutons ; unc résidence londonienne dans un quartier chic.

— Situation très aisée, par conséquent.

— Tout le contraire. Héritages dilapidés et revenus annuels absorbés en huit ou neuf mois : ensuite, emprunts et dettes. Une spirale désastreuse qui s'amplifie au fil des années ; pourtant, les exploitations sont saines. Il existe donc une fuite financière qui met les Warrant au bord du gouffre. Mon travail s'arrête et le tien commence.

⁂

Le petit hôtel particulier de Piccadilly, situé à l'extrémité d'une impasse, avait plutôt bonne allure ; en y regardant de près, on s'apercevait que réfections et ravalement eussent été nécessaires. Higgins monta les quatre marches usées du perron et tira la chaîne de la clochette pendant à droite de la porte d'entrée. Il s'attendait à ce qu'un domestique vînt lui ouvrir et fut surpris de voir apparaître une Amanda Warrant en peignoir, non maquillée et les cheveux défaits.

— Encore vous ?

— Puis-je m'entretenir avec vous et avec votre mari ?

— C'est une perquisition ?

L'ex-inspecteur-chef répondit avec bonhomie.

— Rassurez-vous, chère madame ; ma démarche est purement amicale.

Elle se haussa du col en resserrant les pans du peignoir.

— Amicale... dans quel sens ?

— Dans celui de vos ennuis et afin de les dissiper.

Amanda Warrant considéra Higgins avec la plus

extrême attention ; son examen lui permit de conclure que cet homme distingué et courtois, à la moustache poivre et sel, n'était pas à prendre à la légère. Soit il provoquait, et il faudrait le briser ; soit il savait quelque chose, et il faudrait l'écarter ; un regard suffit à l'épouse du gentleman-farmer pour comprendre que le policier avait lu dans ses pensées.

— Eh bien... entrez.

L'intérieur des Warrant ressemblait davantage à celui d'une maison bourgeoise qu'au cadre de vie somptueux d'une famille riche ; de plus, certains signes ne trompaient pas : moquette usée, fauteuils fatigués, meubles médiocres qui avaient sans doute remplacé de belles pièces... l'aisance n'était plus qu'un souvenir.

Amanda Warrant fit asseoir Higgins sur un siège bas aux accoudoirs élimés ; aux murs du salon, des traces jaunies rappelaient l'existence de tableaux disparus. Du coin de l'œil, Higgins fixa la chevelure de son hôtesse ; la teinture blond vénitien avait en partie disparu et des mèches noires apparaissaient. L'ex-inspecteur-chef nota le détail sur son carnet. Amanda Warrant sursauta.

— Qu'est-ce que vous faites ?

— Mon métier, chère madame.

— Qu'avez-vous remarqué de si important ?

— Si vous me promettez de ne pas vous vexer, je consens à vous le dire.

Elle rajusta ses lunettes.

— Entendu.

— Avez-vous des cheveux gris ?

— Moi ? Mais vous vous moquez...

— Vous m'aviez promis.

— Soit. Non, inspecteur, je n'ai pas de cheveux gris. Ma couleur naturelle est le noir et je la déteste; c'est pourquoi j'ai choisi une teinture, hélas fragile, que j'entretiens avec soin. Êtes-vous satisfait?

— Presque.

— Quoi encore?

— Le nom de votre coiffeur.

Elle se détourna, furieuse.

— Vous exagérez.

— Je crois que non.

Sur un bloc-notes, elle griffonna un nom et un numéro de téléphone.

— Appelez-le donc en ma présence!

— Excellente idée.

Stupéfaite, Amanda Warrant écouta la conversation. Très détendu, Higgins raccrocha.

— Je peux vous donner une excellente nouvelle : vous n'avez aucun cheveu gris.

— Et c'est pour cette raison que...

L'indignation d'Amanda Warrant retomba. Son mari, vêtu d'un costume de velours foncé, venait d'entrer.

— Tu devrais t'habiller, chérie, nous avons un visiteur, me semble-t-il. Son visage ne m'est pas inconnu.

— Higgins, Scotland Yard.

— Ah, voilà! Que me vaut l'honneur de votre présence?

— Je craignais de trouver porte close. Votre domaine...

— Nous résidons le plus souvent à Londres. Mes

employés gèrent à merveille notre exploitation et Amanda n'aime guère la campagne. Tu devrais nous laisser, chérie.

L'œil courroucé, elle sortit de la pièce à pas pressés.

— Je vous écoute, inspecteur.

— C'est extrêmement délicat, monsieur Warrant.

— A propos du testament?

— A propos de vos finances.

Le gentleman-farmer s'assit et croisa les jambes. De ses lèvres minces sortit une question dédaigneuse.

— En quoi vous concernent-elles?

— Contrairement à vos affirmations, vous vous trouvez dans une situation difficile, voire désespérée. L'argent rentre mais sort très vite, trop vite; pour une cause encore inconnue, vous vous ruinez vous-même.

Robin Warrant était blême.

— Vous n'avez aucune preuve.

— Je les ai toutes.

— C'est ma vie privée.

— Certes, mais elle pourrait expliquer un meurtre.

— Celui de Sir Timothy?

Higgins ouvrit son carnet noir.

— Hypothèse intéressante.

Perdu, le regard trouble, Robin Warrant décroisa les jambes et les recroisa aussitôt.

— Expliquez-vous, inspecteur... je plaisantais!

— C'est à vous de vous expliquer. Et sans délai.

Le ton de Higgins était devenu impérieux. Warrant ne s'y trompa pas ; il ne saurait pas résister plus longtemps à cet enquêteur à l'obstination évidente. Il rapprocha son fauteuil de celui du policier.

— C'est une affaire très délicate et très personnelle...

— Surtout très coûteuse.

— L'amour a-t-il un prix, inspecteur?

— C'est selon.

— Pour moi, il n'en a pas. Je tiens à ma femme, certes; c'est une épouse admirable, pétrie de qualités; parfois, j'ai honte de la tromper ainsi. Mais comment résister au désir lorsqu'il vous envahit au point de vous priver de sommeil?

— Vous avez donc une maîtresse.

— Maîtresse... rarement le mot fut plus juste : elle possède mon âme et je suis contraint de lui obéir.

— Votre épouse est-elle au courant?

— Non, elle ne se doute de rien. Je lui fais croire que notre exploitation est en difficulté; d'où la vente de nos tableaux, de nos meubles, et de nombreux emprunts...

— Votre maîtresse est très exigeante.

— Elle a des goûts de luxe. Pour la garder, je suis prêt à me ruiner.

— L'héritage tombe à pic.

Un petit sourire décrispa le visage de Robin Warrant.

— Vous pouvez le dire...

— Un détail : le nom de cette femme si dépensière?

Le gentleman-farmer se figea.

— Permettez-moi de garder ce secret-là; c'est

une femme du monde, mariée, très estimée et honorablement connue. Je n'ai pas le droit de porter atteinte à sa dignité. A présent, inspecteur, vous savez tout.

Higgins prit quelques notes et referma son carnet noir.

— A bientôt, monsieur Warrant.

CHAPITRE XVII

Parvenu à un point délicat de son enquête, Higgins fut obligé de faire appel aux services de son ami Malcolm Mac Cullough, l'un des meilleurs commissaires-priseurs du Royaume-Uni, Écossais impénitent et grand érudit devant l'Éternel. L'ex-inspecteur-chef se rendit jusqu'à sa vaste demeure de la banlieue nord de Londres où il avait accumulé des milliers de livres et quantité d'objets rares; aucune création artistique n'avait de secrets pour Malcolm Mac Cullough, habitué à travailler la nuit et à dormir le jour. Quand Higgins sonna chez lui, à 9 heures du soir, le commissaire-priseur venait de se lever.

— Higgins, ce vieux brigand! Tu arrives juste à temps. Je préparais des crêpes à la Robin des bois, flambées à l'armagnac et fourrées aux truffes.

— Je n'ai pas grand appétit, Malcolm.

— On dit ça... et quand on a le plat en bouche, on en redemande! Installe-toi, je reviens.

L'érudit avait la détestable manie de croire en d'exceptionnelles qualités culinaires qui n'existaient que dans son imagination; rétif aux recettes traditionnelles, il inventait les siennes propres au détriment du foie de ses amis les plus dévoués. Assis entre des vases étrusques et un lot de pièces byzantines, Higgins fut contraint d'absorber une crêpe sévèrement incendiée et alcoolisée hors de toutes proportions.

— Quel crime t'amène dans mon antre?

Higgins donna quelques explications puis en vint à son interrogation du moment.

— Connais-tu un fabricant de robes de mariées à l'ancienne?

Malcolm Mac Cullough s'étrangla.

— Higgins... tu ne vas pas nous faire ça, pas toi! Tu connais trop les femmes pour te marier!

— Ce n'est pas mon intention.

Soulagé, le commissaire-priseur vida un verre de punch; Higgins lui montra le dessin de la robe qui avait servi de linceul à la jeune morte.

— Cette coupe, ces dentelles, ces broderies... tout témoigne d'un style ancien, très archaïque; on songe à une pièce de musée.

— Tu n'as pas tort... une petite seconde. Je consulte un manuel.

Mac Cullough possédait un répertoire de robes anciennes en six volumes; une rapide lecture l'éclaira.

— Ce fut un modèle en vogue il y a une quarantaine d'années; le nom de la maison de couture t'intéresse-t-il?

***

La maison Alwine et Maxwell, sise à Bond Street, avait disparu depuis dix ans, remplacée par un établissement financier; le directeur donna à Higgins l'adresse de Mme Alwine qui coulait une retraite paisible dans son petit appartement de Park Lane Street où, le jour-même, elle accepta de recevoir l'homme du Yard.

La couturière était une petite femme aux gestes mesurés; dans son petit monde clos, peuplé de photos de défilés de mode, elle vivait de souvenirs. Lorsque l'ex-inspecteur-chef lui montra le dessin de la robe de mariée, elle leva les bras au ciel.

— Celle-là, je la reconnaîtrais les yeux fermés! Ce fut ma plus belle création...

Higgins cacha son émotion. Dans quelques instants, il progresserait de façon décisive vers la vérité; aussi, avant de poser des questions, accepta-t-il un verre de mauvais porto et écouta-t-il un interminable récit où figuraient les employées et les clientes de Mme Alwine. Il ne devait ni choquer ni importuner son interlocutrice qui, au gré de sa fantaisie, pouvait le congédier. Au moment où elle se tut afin de reprendre son souffle, Higgins profita de la brèche.

— Vous souvenez-vous de la personne à qui était destinée cette robe?

— Une jeune femme blonde très belle et très fragile. Elle ne parlait pas.

— Pas un seul mot?

— Pas un seul.

— Une muette?

— La domestique qui l'accompagnait m'a indiqué qu'elle était étrangère et ne se débrouillait pas assez bien en anglais pour s'exprimer.

— Vous souvenez-vous de son nom?

Elle se troubla.

— Son nom... comme c'est curieux! Je ne l'ai jamais su. Je m'adressais à elle en lui disant « mademoiselle », et je dialoguais très rarement avec la domestique; mon travail s'est déroulé dans un silence presque total. Je songeais surtout à la robe : je la voulais parfaite.

— Et le marié?

— Je ne l'ai jamais vu et j'ignore même son identité; il eût été indécent de poser des questions sur ce point. Puisqu'il n'assistait pas aux séances d'essayage, c'est qu'il ne désirait pas apparaître.

— Comment réagissait la future mariée?

— Elle se montrait docile.

— Nerveuse?

— Pas du tout; heureuse et détendue. J'ai connu des multitudes de fiancées; celle-là se préparait au plus beau jour de sa vie, n'en doutez pas.

— Pardonnez-moi une question bien triviale : qui s'est préoccupé du règlement?

— La domestique m'a payée en liquide. Souhaitez-vous connaître le montant exact de la somme? Il me faudrait fouiller dans un vieux livre comptable.

— Ce ne sera pas nécessaire.

— Ce fut une robe de très haut prix, affirma Mme Alwine, la plus chère que j'aie réalisée; la plus belle, aussi.

La couturière se lança dans une description très détaillée qui correspondait point par point au vêtement somptueux de la morte de la chambre noire; enthousiaste, elle refaisait des gestes d'artisan, maniait une aiguille invisible, recréait broderies et dentelles.

— J'aurais aimé être invitée à la cérémonie, ajouta-t-elle, pour voir comment elle portait ma robe, ma si belle robe... l'assistance devait être subjuguée. Mais personne ne m'a invitée.

La vieille dame s'enfermait dans ses rêves. Bien qu'il jugeât l'entreprise désespérée, Higgins tenta une dernière fois d'obtenir une information décisive.

— Essayez de vous souvenir... un nom n'a-t-il pas été prononcé ? N'avez-vous conservé aucun document concernant le fiancé ou sa promise ?

— Ma si belle robe, répéta Mme Alwine. Le plus difficile, ce fut la dentelle des épaulettes ; au début, je l'avais prévue un peu trop longue : elle déformait la silhouette ! Quelle abomination... bien sûr, j'ai modifié sa ligne et son rythme. Ensuite...

La vieille dame continua à revivre un travail sérieux vieux d'une quarantaine d'années ; Higgins s'en alla doucement, sans bruit, afin de ne pas briser un mirage où la couturière communiait avec le bonheur d'antan. Lui n'avait guère le temps de s'offrir une vision optimiste ; mais le peu qu'il avait appris confortait son intuition première.

CHAPITRE XVIII

Muni d'un paquet bien ficelé, Higgins se présenta au 9, Saint James Street, tout près de Piccadilly. L'illustre adresse était connue de toute l'Europe. Quiconque désirait être parfaitement chaussé franchissait la porte du magasin Lobb, le plus fameux bottier du monde. Depuis le milieu du XIXe siècle, un membre de la famille Lobb chaussait sur mesure les pieds les plus fortunés. Higgins lui-même avait un jour cédé à la tentation des « pieds tournants », ces chaussures d'exception qui épousaient la forme des extrémités inférieures de l'homme et s'orientaient quelque peu vers l'intérieur.

Le Lobb moderne savait que l'ombre du fondateur de l'atelier continuait à surveiller son travail; aussi avait-il conservé les lieux dans leur état d'origine, se gardant bien de déplacer un meuble ou, pis encore, d'en changer un. Un fournisseur de la cour d'Angleterre devait rester fidèle à la tradition et ne pas sombrer dans un modernisme industriel qui causait autant d'ampoules aux âmes qu'aux orteils.

Distinction et discrétion caractérisaient la personne de M. Lobb, impeccable dans son costume en alpaga.

— Revoir un ancien client est un plaisir inappréciable ; êtes-vous satisfait de vos chaussures, inspecteur ?

— Elles me portent des heures entières sans que je ressente la moindre fatigue, elles sont œuvres de magicien.

— Vous me flattez.

— J'ai grand besoin de votre aide.

— A titre professionnel ou privé ?

— Peut-être les deux...

— Diable ! Vous m'intriguez. Souhaitez-vous que nous passions au sous-sol ?

— Je n'osais vous en prier.

M. Lobb conduisit l'ex-inspecteur-chef dans l'un des sanctuaires de la vieille Angleterre indifférente au progrès et hostile à la médiocrité des produits de masse ; là étaient exposées, sur des étagères, plusieurs milliers de formes en bois qui avaient permis de préparer les « pieds tournants » d'hommes politiques, d'artistes ou d'acteurs adulés. Très exigeant sur la qualité des cuirs, intraitable sur la gamme des modèles invariables depuis cent ans, M. Lobb avait oublié la beauté ou la laideur d'un pied pour ne se soucier que de son confort.

Higgins admira les pièces d'un musée à nul autre pareil, combien de voûtes plantaires, combien de talons, combien de chevilles devaient une aisance souveraine au génie britannique ?

— Si je me permets de vous importuner, dit Higgins d'un ton pénétré, c'est en raison d'une affaire de la plus haute importance.

— Ma réputation serait-elle en cause?

Higgins ôta la ficelle, ouvrit le paquet et fit apparaître les deux « pieds tournants » découverts dans la chambre noire.

— Un travail de cette qualité est forcément de votre main; le glaçage des extrémités est typique de votre manière.

— Impossible de le nier, inspecteur! Ces chaussures présenteraient-elles un défaut?

— Pas le moindre. Comme vous le constatez, elles sont cirées.

Le bottier les examina à la loupe.

— Un cirage à l'ancienne, de très bonne qualité. Vous féliciterez le propriétaire.

— C'est justement sur ce point que je désire vous consulter.

M. Lobb ne cacha pas une vive contrariété.

— C'est justement le point le plus sensible de mon honorable profession; je dois un anonymat total à mes clients. Je ne peux vous citer que Sa Majesté la reine et le prince de Galles. Mon silence recouvre les pieds de tous les autres.

— Cette attitude vous honore et je la comprends; si chacun agissait de la sorte, notre patrie serait la gardienne des vertus.

Le compliment fit légèrement rosir le bottier; sur le fond, l'homme du Yard n'avait pas tort.

— Les chaussures que vous voyez, monsieur Lobb, sont mêlées à une mort mystérieuse... si mystérieuse qu'il s'agit probablement d'un crime.

— Un crime! C'est tout à fait inconvenant. Je n'ai jamais chaussé d'assassin.

— J'espère le démontrer; ces pieds tournants

n'appartiennent-ils pas à Sir Timothy Robbins, propriétaire de Black House?

M. Lobb manifesta son impatience.

— Il m'est impossible de vous répondre.

— Encore une fois, nous évoquons un crime... vous savez que je suis une tombe et que j'enquête avec le seul souci de la vérité.

— Pouvez-vous m'assurer que l'atelier Lobb ne sera pas mis en cause?

— S'il devait en être ainsi, je vous préviendrais.

M. Lobb réfléchit. Il connaissait la réputation de Higgins et la valeur de sa parole; il décida de lui accorder sa confiance, sachant qu'il défendrait au mieux ses intérêts.

— Sir Timothy était effectivement mon client, avoua le bottier dans un souffle. Un client exigeant mais courtois, au pied fin et allongé, assez difficile à chausser.

— Que savez-vous de lui?

— Rien d'autre que sa pointure et le contour de son pied. En aristocrate bien éduqué, Sir Timothy ne m'a gratifié d'aucune confidence indiscrète.

— Auriez-vous l'obligeance de vérifier si ces chaussures sont bien les siennes?

— J'aurais mauvaise grâce de vous opposer un refus.

Une petite dizaine de minutes suffit à M. Lobb pour trouver les formes et le dossier de Sir Timothy; l'étude des pieds tournants apportés par Higgins aboutit à une conclusion indubitable.

— Je suis formel : ces chaussures ne sont pas celles de Sir Timothy.

Higgins prit note sur son carnet noir.

— J'ai conscience d'abuser... pourriez-vous identifier le propriétaire?

— Tâche bien délicate, inspecteur!

— Je n'en doute pas, monsieur Lobb. Tout pied tournant à son visage; je suis persuadé qu'il reste gravé dans votre mémoire.

— C'est peut-être excessif, mais il y a du vrai... ce sous-sol contient cependant des milliers de formes qu'il me faudrait sortir des étagères!

— Je ne crois pas : votre classement doit être établi en fonction de critères précis : longueur du pied, cambrure...

— Bien sûr, bien sûr.

— Puis-je vous aider à chercher?

— Il n'en est pas question, inspecteur. Personne ne se substituera à moi pour mener cette mission à bien.

Higgins s'assit dans un angle de la pièce et regarda le bottier. Avec une extraordinaire habileté, il jongla avec les formes, en sélectionna rapidement une vingtaine, les compara, opéra un nouveau tri et fixa son choix. La comparaison avec les pieds tournants provenant de la chambre noire lui arrachèrent un sourire; pointilleux, M. Lobb ne voulut pas se prononcer avant une vérification approfondie.

Chaussures en main, il se dirigea vers Higgins.

— Impossible de me tromper, inspecteur, j'ai trouvé le modèle. Aller plus loin, cependant...

— Participer à l'explication d'un meurtre ne saurait vous laisser indifférent; en me donnant le nom de votre client, vous orienterez l'enquête d'une manière décisive.

Un ultime débat intérieur convainquit le bottier d'accéder à la requête de Higgins.

— M. Robin Warrant.

CHAPITRE XIX

La Bentley du superintendant cala à un kilomètre de la cabine téléphonique; Scott Marlow termina le chemin à pied. Déjà en retard, il pressa l'allure; la pluie battante gonflait les ruisseaux et remplissait les fondrières. Le sentier, boueux, serait bientôt impraticable.

Sanglé dans son imperméable Tielocken qui le mettait à l'abri des averses et des bourrasques, Higgins ne détestait pas ce gros temps; il donnait à la nature environnante un caractère sauvage qui la rapprochait de ses origines. Le visage trempé de Scott Marlow, émergeant d'une haie, l'arracha à sa méditation.

Le superintendant éternua.

— Vous devriez prendre quelques granules d'Influenzinum de chez Nelson's, recommanda Higgins; c'est un remède souverain contre les refroidissements.

— Pas le temps de me soigner. Dès demain, on repeint les bureaux; à moi de rédiger les notes de service et d'organiser les déménagements temporaires.

— L'affaire Robbins s'éloigne, n'est-il pas vrai ?

— Elle n'a jamais existé. Ne demeurent plus que des problèmes juridiques entre les corgies de la reine et le couple Warrant. J'ai reçu un mot de leur notaire, maître Barrymore, me demandant de témoigner lors du procès.

— Où réside-t-il ?

— A Rennfield.

— Un petit village ?

— Par curiosité, j'ai vérifié sur une carte : c'est près de Black House.

— Que penseriez-vous d'une visite ?

— C'est-à-dire...

— Vous comme témoin, moi comme ami du témoin.

— C'est un peu léger.

— Avec du tact et du doigté, nous nous en sortirons ; le cas de son client me semble plus préoccupant.

— Warrant ? Pensez-vous qu'il sera déshérité ?

— Dans ce domaine, la justice suivra son cours ; je parle du crime.

— Vous l'accuseriez...

— Pas encore, mais il existe un indice des plus troublants : les pieds tournants de la chambre noire n'appartenaient pas à Sir Timothy mais à Robin Warrant, j'en ai la preuve formelle.

— C'est donc lui qui les aurait cirés et disposés sur le lieu du crime !

— Conclusion trop hâtive, mon cher Marlow. Il s'agit peut-être d'une machination destinée à l'accuser, à moins qu'un ectoplasme ou un fantôme du même acabit ne se charge de nous égarer.

— Higgins ! Ce n'est pas le moment de plaisanter !

— Si vous connaissiez mieux Black House, superintendant, vous sauriez que tout y est possible.

— Avez-vous l'intention de confronter Warrant à cet indice majeur ?

— Pas dans l'immédiat ; nous sommes trop peu avancés. Je risquerais de brouiller une piste et de bouleverser toute ma stratégie sans résultat notable. Il faut d'abord comprendre pourquoi on a placé là ces pieds tournants.

La pluie s'atténua : de gros nuages noirs cachèrent le croissant de lune qui, de temps à autre, faisait une timide apparition dans un ciel lourd d'averses futures. Comment ne pas songer au magnifique sonnet libre d'Harriet J.B. Harrenlittlewoodrof, *Charme de printemps* :

Quand le soleil menace, la pluie se hâte
Sur ses longs filaments, fragiles et graciles ;
Oh, printemps, en ton humide pâte
Se dessinent, mouillées, les futures jonquilles.

— Vous ne pouvez pas nier, Higgins, que ce Warrant devient un suspect remarquable.

— Certes non.

Marlow aspira une bouffée d'espoir : les corgies de la reine, dans la course à l'héritage, reprenaient la tête. Encore quelques efforts, et ce serait la victoire.

— De votre côté, superintendant, dc nouveaux apports ?

— En ce qui concerne Irina Smith, rien d'intéressant. Enfance modeste, plutôt malheureuse, propension au mysticisme marquée dès son plus jeune âge ; à l'école, on la qualifiait déjà de « voyante » et elle obtenait, paraît-il, d'excellents résultats. Elle travaille depuis plusieurs années pour la Swedenborg Society, vend des livres et des brochures en faisant du porte à porte. Aucune plainte contre elle.

— Sa famille ?

— Parents disparus très jeunes.

— Mariée ?

— Non.

— Domicile ?

— Celui de la Swedenborg Society où elle occupe une chambre. Les voisins affirment qu'elle vit maritalement avec le gérant ; on les a vus s'embrasser dans la rue. C'est une attitude quelque peu scandaleuse mais elle ne fait pas peser sur elle une présomption de crime. Warrant, en revanche...

— Et Cary Rodson ?

— Oh, un personnage douteux... c'est sans rapport avec l'affaire. Vous devriez concentrer vos investigations sur Robin Warrant.

Marlow remonta le col de son vieil imperméable, éternellement froissé. Il semblait pressé de regagner sa voiture.

— Parlez-moi de ce curieux personnage.

— Rodson ?

— Lui-même.

— Vous intéresse-t-il à ce point ?

— A ce point.

— Comme vous voudrez... mais je vous préviens : c'est presque insoutenable à entendre.

— Je me barde de courage, mon cher Marlow.

— Ce Rodson est un bien triste sire. Il dirige la Swedenborg Society depuis plusieurs années et triche sur les maigres bénéfices ; deux redressements fiscaux en dix ans, vous vous rendez compte !

— Il serait plutôt à classer dans la catégorie des honnêtes gens.

— Higgins ! La morale publique...

— Montrez-la-moi, superintendant, et je lui rendrai hommage. Le plus grand voleur n'est-il pas celui qui utilise la loi au lieu d'une pince-monseigneur ?

Marlow refusa d'engager le débat et de suivre Higgins sur un terrain aussi glissant ; il avait souvent déploré, chez son collègue, une certaine tendance à l'anarchie.

— A part cette fraude inique et sanctionnée, quels autres travers ?

Marlow parut gêné.

— Croyez-moi, Higgins, c'est extrêmement difficile...

— Mon oreille est attentive et bienveillante.

— Eh bien, ce Cary Rodson avait une vocation religieuse.

— Catholique ou protestante ?

— Catholique romaine. Il est entré au séminaire, est devenu prêtre et puis... il s'est défroqué.

— Les raisons ?

— Les autorités religieuses sont toujours très discrètes ; elles évoquent des exigences affectives incompatibles avec l'enseignement du Christ et les règles de l'Église.

— Autrement dit, des histoires de femmes.

— Dans quel monde vivons-nous, Higgins... un ancien prêtre qui vit avec une voyante ! L'Angleterre court à sa perte.

— La pluie redouble... nous devrions nous mettre à l'abri dans votre voiture. L'heure serait propice pour rendre visite à maître Barrymore, ne pensez-vous pas ?

CHAPITRE XX

Comme par miracle, la voiture du superintendant accepta de démarrer et se comporta même avec une vigueur inattendue sur la route détrempée ; depuis quelque temps, Marlow la soupçonnait d'entretenir des relations privilégiées avec Higgins. Cahin-caha, elle atteignit la demeure bourgeoise et provinciale de maître Barrymore, protégée par des saules pleureurs et des haies de troènes mal taillées. L'endroit avait du charme ; la maison fleurait bon le confort.

Marlow sonna. On mit très longtemps à répondre. Ce fut un homme d'une soixantaine d'années qui ouvrit la lourde porte en chêne massif; engoncé dans une robe de chambre rouge, il avait un visage très ridé, des tempes grises et un nez très épais qui accentuait le caractère grossier de sa silhouette.

— Qu'est-ce que vous voulez?

— J'aimerais parler à maître Barrymore.

— C'est moi. De la part de qui?

— Scotland Yard.

— Sacrée surprise... un de mes clients est en fuite?

— Non. Simple entrevue que vous avez le droit de refuser.

— Ben voyons... et après, je serai fiché comme mauvais coucheur. Et en plus, vous êtes deux !

Marlow fit les présentations.

— Dites donc, remarqua le notaire, vous êtes trempés... ça va tacher mes tapis. Secouez-vous un peu avant d'entrer et accrochez vos imperméables dans l'office, sur votre gauche.

Si le superintendant avait été muni d'un document officiel, il aurait secoué ce rustaud sans ménagement ; dans les circonstances présentes, il devait passer sous les fourches caudines et mener sa barque avec la plus extrême circonspection. Higgins, étrangement docile, marcha dans les pas de son collègue.

Le salon du notaire était d'une affligeante banalité ; meubles provenant de fabriques de troisième ordre, bibelots plus médiocres les uns que les autres, tapis hideux. « Le personnage, pensa Higgins, témoigne d'une certaine cohérence. »

— Je n'ai pas l'intention de vous offrir une boisson chaude, annonça maître Barrymore qui dissimulait mal un embonpoint marqué et un double menton à l'esthétique douteuse.

— La chaleur de votre accueil nous suffira, répondit Higgins.

— J'ai le droit de vous renvoyez au Yard et même de porter plainte pour abus de pouvoir.

— Seriez-vous *solicitor* ?

— En effet, inspecteur ; à ce titre, je suis à la fois notaire, avoué et huissier, je prépare les dossiers de multiples affaires, y compris criminelles, et peux même les plaider devant certaines cours. Cela m'amuserait peut-être d'attaquer deux inspecteurs de notre chère police.

Furieux, Scott Marlow n'osa pas répliquer ; Higgins demeurait très calme.

— Peut-être devriez-vous d'abord préparer le vôtre.

— Le mien ? Quoi, le mien ?

— Votre dossier.

Le *solicitor* se tapa sur les cuisses.

— De la provocation, maintenant ! Vous êtes des amuseurs publics, on dirait.

— La mort sourit parfois mais elle n'est jamais gaie.

Maître Barrymore fronça les sourcils.

— La mort... la mort de qui ?

— Secret de l'enquête.

— Quelle enquête ? Si on veut me salir, des preuves !

— Un cadavre et des pieds tournants vous suffiront-ils ?

Le notaire perdit sa superbe ; la question de Higgins le troublait.

— Qui a été tué ?

Scott Marlow, conscient qu'une brèche s'ouvrait, s'y engouffra à ses risques et périls.

— Votre client, Robin Warrant, pourrait se trouver dans une situation difficile.

Le coup porta. Maître Barrymore se servit un verre de mauvais whisky et s'affala dans un fauteuil imitation cuir.

— M. Warrant ? Ça m'étonnerait. Il n'y a pas d'individu plus honnête ; pour lui, la loi est sacro-sainte ! Vous bluffez.

— Malheureusement non, insista Higgins. De lourdes charges pèsent sur votre client ; nous aimerions mieux le connaître afin de le disculper.

Le notaire se leva, posa son verre sur une table en contre-plaqué et pointa un index agressif en direction de son interlocuteur.

— Ça, ce n'est pas un langage de policier ! Vous voulez me piéger, mais moi, j'ai du flair. Vos manigances ne m'intimident pas ; ou vous déballez toute l'histoire, ou vous décampez. De toute façon, je n'ai rien à déclarer.

Soudain, il comprit. De son poing droit fermé, il frappa la paume de la main gauche.

— Bien sûr, c'est ça ! Sa Gracieuse Majesté vous envoie pour l'intimider... ses maudits chiens veulent l'héritage, hein ? Ils ne l'auront pas, foi de Barrymore ! Que la reine mette une croix dessus et continue à gérer sa fortune. Elle en a assez comme ça.

Outré, Scott Marlow s'avança vers le grossier personnage.

— Je vous somme de vous taire ; vous insultez l'Angleterre et sa souveraine !

— Nous sommes en démocratie, inspecteur, j'ai le droit de m'exprimer. Pas de leçon de morale ; vous venez ici comme des gangsters, vous tentez de me soutirer des renseignements confidentiels, vous salissez un homme honorable et vous osez me faire la leçon ! On aura tout vu, dans ce pays... laissez tomber, tout Scotland Yard que vous êtes : Barrymore est un os trop dur à ronger. Bonsoir, messieurs, je ne vous raccompagne pas.

Higgins se plaça devant Marlow ; il connaissait

assez son collègue pour savoir que ses nerfs craquaient. Il devait l'empêcher de fracasser le crâne du notaire.

— Connaissez-vous le proverbe oriental, maître : « Le chien patient dévore la montagne » ?

— J'ai horreur des chinoiseries.

— Nous nous reverrons pour en discuter.

— Ça m'étonnerait.

CHAPITRE XXI

A la demande de Higgins, Marlow fit appeler trois fois, par des personnes différentes, l'étude de maître Barrymore. Chaque fois, il affirma que sa clientèle était trop abondante pour qu'il acceptât de nouvelles affaires.

Sous la pluie, près de la cabine téléphonique de Stanford, le superintendant fit part à Higgins de ces étranges résultats.

— Un petit *solicitor* de province débordé à ce point! Ça ne tient pas debout.

— Je suis de votre avis, mon cher Marlow.

— Je compte m'occuper de près de ce malandrin... un homme qui insulte Sa Majesté doit nager en eaux troubles.

— Cela ne m'étonnerait guère, en effet.

— Du nouveau?

— Rien. J'ai marché des heures durant à l'intérieur de la maison et dans le parc. Black House demeure muette; parmi ses centaines d'objets de haut prix, aucun n'éclaire le mystère de la chambre noire.

— Un message est parvenu au Yard à votre nom.

Le superintendant remit une lettre à Higgins qui la consulta à l'intérieur de la cabine : caractères découpés dans différents journaux et collés avec soin :

Si vous voulez en savoir plus sur Black House, occupez-vous de la Swedenborg Society.

— Pour moi, décréta Marlow, c'est signé maître Barrymore. Il connaissait votre nom et tente ainsi d'écarter de lui les soupçons.

— Hypothèse intéressante... mais on ne peut exclure du cercle des suspects Robin Warrant, sa femme et même Irina Smith et Cary Rodson. On a déjà vu des coupables s'accuser afin de brouiller les pistes.

— Je ne suis pas convaincu. La lettre anonyme implique lâcheté et bassesse; comment mieux décrire ce notaire dépourvu de toute morale?

Higgins relut le texte; Marlow eut un pressentiment.

— Vous n'allez pas prendre cette dénonciation au sérieux? Vous introduire sans mandat au domicile d'un citoyen est un délit grave!

— J'en suis parfaitement conscient, mon cher Marlow.

Rassuré, le superintendant repartit pour Londres. Un certain Barrymore regretterait bientôt d'avoir traîné dans la boue Élisabeth II, la plus belle femme du monde.

***

Higgins s'introduisit dans l'immeuble de la Swedenborg Society par une courette arrière où le soleil ne pénétrait jamais, la triste brique crue, noircie par les fumées de la ville, n'avait rien de paradisiaque. Si les anges avaient élu domicile quelque part, ce n'était pas ici. Muni d'un petit instrument métallique à multiples têtes qu'un des meilleurs cambrioleurs du Royaume-Uni l'avait aidé à mettre au point, Higgins pouvait pénétrer dans beaucoup d'endroits sans laisser trace d'effraction. Il était le premier à condamner ce genre de pratique à laquelle il ne recourait qu'en cas d'extrême nécessité.

L'ex-inspecteur-chef hésita entre la porte donnant sur une sorte d'arrière-boutique et celle de la cave ; son instinct l'orienta vers cette seconde solution. Les deux serrures, pourtant de bonne qualité, ne résistèrent pas longtemps ; Higgins descendit les quelques marches d'un escalier en pierre de taille et, à la lueur de sa lampe de poche, découvrit plusieurs centaines de bouteilles de grands crus ; les adeptes de Swedenborg possédaient de remarquables connaissances œnologiques. La chance avait souri à l'homme du Yard; en quelques minutes, son exploration se révélait décisive. Encore fallait-il obtenir davantage de précisions.

La lumière jaillit ; Higgins éteignit sa lampe et la mit dans la poche de son Tielocken.

— Haut les mains ou je tire !

La voix forcée, les mains tremblantes, Cary Rodson menaçait l'ex-inspecteur-chef d'un fusil de chasse au canon rouillé.

— Prenez garde, monsieur Rodson. Vous pourriez vous blesser.

— Inspecteur... qu'est-ce que vous faites ici en pleine nuit ?

— Je cherche un grand vin, charpenté, fruité, à la cuisse ferme et au parfum inoubliable.

Higgins marchait lentement devant les rangées de bouteilles ; Cary Rodson, interloqué, baissa son arme.

— A cette heure-ci ?

— Il n'y a pas d'heure pour savourer une merveille... celle-ci, par exemple.

L'ex-inspecteur-chef sortit d'un casier une bouteille de château d'yquem au millésime prometteur.

— Deux verres et un tire-bouchon seraient les bienvenus.

Complètement perdu, l'adepte de Swedenborg posa son fusil, disparut quelques instants et revint avec le nécessaire.

Higgins s'acquitta en souplesse d'une tâche délicate ; le bouchon de liège glissa à l'intérieur du goulot, sans à-coups, et le précieux liquide entra en contact avec l'oxygène de la cave : moment unique, poignant, où un grand vin emprisonné connaissait à nouveau la liberté avant de communier avec un palais complice. Le bouquet ne trompait pas : on frisait l'exceptionnel.

— Inspecteur... est-ce que votre présence ici est bien légale ?

— Buvez et faites silence.

Cary Rodson accepta le verre que Higgins lui tendait et dégusta une gorgée ; son regard chavira.

— Il faut l'admettre... C'est le plaisir des dieux !

— Pas celui des anges ?

— Ne mélangeons pas tout, inspecteur ! Il y a un temps pour la terre et un autre pour le ciel.

— Existe-t-il aussi un temps pour le crime ?

Cary Rodson lâcha son verre qui se brisa en heurtant le sol.

— Je... je ne comprends pas.

— C'est pourtant simple : l'admirable vin que nous dégustons est le même que celui de la chambre noire. Il provient de cette cave et c'est vous qui l'avez déposé dans la pièce la plus secrète de Black House.

— Non, inspecteur, protesta la voix à la fois grêle et tranchante d'Irina Smith ; vous vous trompez.

En déshabillé blanc, les cheveux flottants, les pieds nus, elle ressemblait à l'un de ces anges dont elle entendait les messages.

— Cary est étranger à tout cela ; je suis la seule responsable.

Verre en main, Higgins s'approcha d'elle et lui parla avec la douceur d'un confident.

— Si j'interprète bien vos propos, le ciel vous a ordonné de descendre dans cette cave, à vous qui ne buvez pas de vin et ignorez tout de ce breuvage ; il vous a également commandé de choisir un grand cru, de l'emporter avec vous, de déboucher la bouteille et de remplir une coupe de cristal que vous avez trouvée sur place, à Black House ; enfin, cette même inspiration de l'au-delà vous a demandé de déposer ladite coupe dans la chambre noire, près du cadavre de la jeune femme.

Irina sourit.

— C'est exactement cela ; vous n'avez rien oublié. On jurerait que vous m'avez accompagnée.

— Dans mon métier, la double vue est parfois

nécessaire. Admettons votre version des faits, mademoiselle, reste un point obscur : pourquoi avoir agi ainsi?

— Ce talisman écartait les fantômes dangereux. Les anges sont des émanations de Dieu mais ils se heurtent souvent aux cohortes du diable; l'univers est le théâtre d'un formidable combat dont nous ne soupçonnons pas l'intensité. Quand nous pouvons intervenir en faveur des anges, il ne faut pas hésiter! Le ciel m'a indiqué le moyen de venir en aide à une pauvre créature oubliée de tous et dont l'âme courait les plus graves dangers, j'ai obéi.

— Vue sous cet angle, la situation devient simple.

— Vous me croyez, je le sais et j'en suis heureuse.

— Peut-être auriez-vous pu me dire la vérité... un peu plus tôt?

— Je n'y ai pas songé, voilà tout.

— Voilà tout...

— J'ai sommeil, inspecteur; demain, une rude journée m'attend. Cary devrait aussi retourner se coucher.

— C'est bien naturel.

Au moment de sortir de la cave, Irina Smith se raidit. Très droite, elle parut grandir; le dos tourné à Higgins, elle s'exprima d'une voix rauque et déchirante.

— Une vieille femme, une très vieille femme... à Black House... vicille, si vieille... Black House, la nuit, les ténèbres... si vieille...

Elle s'effondra dans les bras de Cary Rodson.

— Une voyance, expliqua-t-il. Je m'occupe d'elle.

Higgins s'adressa d'amers reproches. Pourquoi n'y avait-il pas songé plus tôt ?

CHAPITRE XXII

Un domaine de la taille de Black House requérait la présence de plusieurs domestiques; la « vieille femme » évoquée par la voyante devait en faire partie. Avec un peu de chance, elle vivait encore et ne s'était peut-être pas trop éloignée de la demeure de Sir Timothy.

Higgins eut recours aux services du meilleur informateur possible : le garde champêtre. Méfiant, bourru, peu habitué à parler sur des sujets qui ne le concernaient pas, il accepta pourtant de fournir les renseignements demandés : Black House n'avait jamais connu de domesticité nombreuse. Sir Timothy se contentait d'un chauffeur faisant aussi office de jardinier, d'un cuisinier et d'une femme de chambre; les deux premiers étaient morts; la troisième, très âgée, terminait son existence dans une petite maison familiale, à une dizaine de kilomètres de l'endroit où elle avait si longtemps travaillé.

L'endroit était plutôt sinistre; au fond d'une vallée encaissée et humide, une demeure au toit de chaume, adossée à un rocher moussu, se nichait dans une végétation abondante et désordonnée. Deux lièvres détalèrent devant l'ex-inspecteur-chef quand il s'engagea sur le sentier menant à cette masure d'un autre âge, enfermée dans sa solitude hostile. Voilà de nombreuses années que les volets n'avaient pas été repeints ; des mauvaises herbes montaient à l'assaut des murs. Rouillée, la chaîne de la cloche émit un grincement sinistre quand Higgins la tira.

— Qui est-là ? demanda une voix cassée.

— Higgins, Scotland Yard.

— La police ?

— J'aimerais vous parler à titre confidentiel et privé.

— Me parler de quoi ?

— C'est extrêmement important ; je ne souhaite pas que des oreilles indiscrètes nous entendent.

L'argument porta. Une très vieille femme, courbée en deux, la main droite appuyée sur une canne, ouvrit la porte.

— Entrez, mais pas de désordre ! Tout est bien rangé, ici... je suis presque aveugle et je connais l'emplacement de chaque chose. Comme je ne reçois jamais personne, je suis bien tranquille. La police, chez moi, quelle histoire !

Dans les deux pièces de la petite maison régnait une grande pauvreté ; le poêle à charbon, la cuisinière, la table en bois vernie et les chaises paillées avaient servi à plusieurs générations. Des milliers de pas avaient usé le carrelage rouge brique. Appuyés contre un mur, deux balais de crin manifestaient le souci de la propreté ; pas un grain de poussière ne déparait le modeste intérieur.

— Faites attention en vous asseyant; mes chaises sont très fragiles. Leur bois est comme moi : nous avons trop vécu et tomberons bientôt en poussière.

— Vous me paraissez pourtant pleine de vigueur et capable de franchir encore de nombreux printemps.

La vieille dame aux cheveux gris leva vers Higgins des yeux étonnés.

— Ah? Vous croyez vraiment... pourquoi pas, après tout?

Elle s'assit dans ce qu'elle baptisait pompeusement son « fauteuil », un mauvais siège pourvu de deux accoudoirs branlants; l'installation fut très lente mais le résultat surprenant : le dos se redressa et la servante retrouva une certaine prestance. Maigre, plutôt grande, le cou très mince, la coiffure négligée, la distinction un peu hautaine, elle était plus anglaise qu'elle ne le voulait elle-même. Dickens ne l'aurait pas désavouée : elle appartenait à cette race sans âge sur laquelle les événements et les époques glissent comme une eau vite oubliée.

Afin de se donner une contenance, elle s'empara d'une pelote de laine, de deux longues aiguilles et tricota un pull-over; les doigts, épais et musclés, demeuraient habiles.

— Vous êtes de la ville?

— Non, de la campagne.

— Dans le coin?

— J'habite dans le Gloucestershire.

— Trop loin pour moi; je n'ai jamais quitté la région.

— Et surtout Black House...

Il fallait bien que Higgins, à un moment ou à un autre, prononçât ce nom avec le risque de voir son interlocutrice se fermer définitivement ; les doigts s'immobilisèrent et les aiguilles à tricoter demeurèrent suspendues en l'air. L'ex-inspecteur-chef retint son souffle.

— Aussi vrai que je m'appelle Rose-Mary et que je suis âgée de quatre-vingt-douze ans, je n'oublierai jamais cette diablerie ; Black House... un repaire de démons ! Si vous tenez à garder la raison, n'y mettez jamais les pieds.

— Hélas, j'en viens.

— La bâtisse est encore debout ?

— Un peu délabrée mais encore solide.

La vieille dame renversa la tête en arrière.

— Black House... combien d'heures, de jours et d'années lui ai-je sacrifiés ?

— Sir Timothy était-il un maître exigeant ?

— Très exigeant. Sévère, intelligent, colérique... un aristocrate digne de ses ancêtres. Quand il donnait un ordre, il fallait l'exécuter sans délai ; mais il n'abusait pas de son pouvoir. Au fond, je n'ai rien à lui reprocher.

— Aimait-il les chiens ?

— Les corgies, uniquement. Black House a abrité une véritable dynastie de ces petits monstres ; le dernier d'entre eux fut le préféré. Il faut savoir que ces chiens-là occupaient une place à part.

— Pourquoi donc ?

— Parce que les spécialistes considèrent que leur arrière-grand-père est l'ancêtre des corgies de la reine ; Sir Timothy n'en était pas peu fier.

— Quand ce dernier chien a-t-il disparu ?

— Je n'étais pas là pour le voir. Il l'a sans doute enterré dans la tombe spéciale préparée pour lui, à la lisière de la roseraie abandonnée.

Higgins prit des notes sur son carnet noir ; Rose-Mary ne s'en offusqua pas.

— Comment avez-vous ressenti le décès de Sir Timothy ?

— Pour moi, il était mort depuis longtemps, très longtemps...

Rose-Mary cessa de tricoter. Une kyrielle d'images défilait devant ses yeux ; elle revivait avec intensité un passé qui, de lointain, redevenait très proche. Higgins laissa s'accomplir le douloureux processus et attendit que la vieille dame fût à nouveau maîtresse de sa pensée.

— Vous êtes un homme étrange, inspecteur... je m'étais juré de ne parler à personne de ces sombres jours et vous, un inconnu, parvenez à trouver le chemin de ma mémoire. De quel pouvoir disposez-vous donc ?

— D'aucun, chère madame, je cherche simplement à comprendre.

— Il y a autre chose, comme une magie... j'avoue ne pas avoir envie d'y résister ; peut-être parce que je me suis tue trop longtemps. D'une certaine manière, j'ai plus de chance que Sir Timothy ; il n'a connu personne à qui se confier. Lui qui paraissait au-dessus des passions et presque détaché des réalités de ce monde... quand il est revenu avec elle, je n'en ai pas cru mes yeux. Sir Timothy et cette jeune Suédoise aux cheveux blonds ! Un véritable scandale que son autorité, déjà marquée malgré son jeune âge, suffit à étouffer. Cette scène date de plus de trente ans, mais je la revois encore; elle, fragile, pure, naturellement élégante, émerveillée par ce qu'elle découvrait; lui, superbe, heureux, transformé. Amoureux tout simplement!

— Comment s'appelait-elle?

— Ingrid. Il l'avait rencontrée lors d'un voyage; une sorte de coup de foudre. Quand ils sont arrivés à Black House, Sir Timothy a immédiatement parlé de mariage. Ingrid était emballée mais posait une condition : que la cérémonie ait lieu selon le rite catholique qu'elle pratiquait; son fiancé, bien qu'il fût protestant de tradition, ne s'y opposa pas. Il était prêt à tout sacrifier au bonheur entrevu et personne ne pouvait l'en blâmer, pas même son cousin Robin qui résidait alors à Black House; comment ne pas être ému par tant de grâce et de beauté? Cette petite Ingrid, je l'ai tout de suite prise en affection. Très vite, elle s'est sentie chez elle; elle apprenait sans peine et, tout en demeurant elle-même, devenait une Anglaise aux excellentes manières. Et puis cette tragédie, cette abominable tragédie...

Le cœur serré, Rose-Mary avala ses larmes; le silence attentif de Higgins l'aida à continuer.

— Un matin, Robin l'a retrouvée morte; elle s'était empoisonnée. C'est moi qui ai prévenu Sir Timothy; pendant plusieurs minutes, il a refusé de me croire. Enfin, il est entré dans la chambre noire où reposait Ingrid; il a claqué la porte et s'est enfermé avec elle pendant deux jours. Quand il en est ressorti, il ressemblait à un vieillard; jamais, a-t-il juré, je n'épouserai une autre femme.

— A-t-il respecté son serment?

— Oui, inspecteur. A partir de ce drame Black House fut vouée à la solitude de son propriétaire.

— Où Ingrid fut-elle enterrée?

— Dans le parc du château, au pied du vieux chêne qui trône, seul, derrière la maison.

Rose-Mary se leva, s'appuya sur sa canne et, de nouveau voûtée, alla ouvrir la porte.

— Partez, inspecteur; je suis très fatiguée.

— Accepterez-vous de me revoir?

— Croyez-vous que j'aie omis certains souvenirs? C'est bien possible, en effet... eh bien, vous reviendrez.

CHAPITRE XXIII

Higgins consulta le coroner, un jeune homme coquet qui occupait ce poste depuis peu et ne connaissait rien du passé de Black House ; aimable, il permit à l'ex-inspecteur-chef de consulter les archives. Le coroner de l'époque avait constaté le décès d'Ingrid et délivré un permis d'inhumer sans aucune restriction. « Empoisonnement », avait pourtant affirmé Rose-Mary, en évoquant le suicide ; le rapport officiel ne mentionnait ni l'un ni l'autre. Ou bien le fonctionnaire, faute d'éléments concrets, n'avait rien remarqué de notable ; ou bien la vieille domestique avait menti. Restait une troisième solution : une manipulation effectuée par Sir Timothy.

L'ex-inspecteur-chef continuait à lutter contre Black House, l'atmosphère glaciale de la vaste demeure et ses ombres hostiles ; la peur apprivoisée, il ne parvenait pas à dormir de manière paisible, lui qui, d'ordinaire, s'endormait aussitôt la tête posée sur l'oreiller. Il avait pourtant progressé de manière spectaculaire grâce aux confidences de Rose-Mary, et connaissait à présent l'identité partielle de la victime : Ingrid, une jeune Suédoise. La logique aurait voulu qu'il recherchât son nom de famille, ses parents, et qu'il demandât au Yard de joindre la police suédoise afin de mener une enquête sur place; mais son intuition affirmait à Higgins que ce serait peine perdue et que le mystère de la chambre noire devait se résoudre ici, à Black House.

Higgins relut ses notes. Quelques éléments se mettaient en place; il était encore loin d'une construction claire mais, çà et là, les ténèbres semblaient moins épaisses. Il s'attarda sur une page où il avait daté approximativement le drame : une trentaine d'annécs en arrière. Ingrid, une jeune fille de moins de vingt ans; Sir Timothy, un homme dans la force de l'âge, la quarantaine triomphante, follement amoureux. A cette époque, Irina Smith n'était pas née; quant à son compagnon, Cary Rodson, il devait sortir du séminaire. Curieux parallèle : deux hommes plus âgés que les deux femmes dont ils partageaient l'existence. Maître Barrymore, la trentaine, avait achevé ses études et commencé sa carrière. Robin Warrant, un peu plus jeune que l'homme de loi, résidait donc à Black House d'où il avait été expulsé après le décès d'Ingrid puisque Sir Timothy exigeait la solitude; le gentleman-farmer ne connaissait sans doute pas sa future épouse, à peine moins âgée. Quant à Rose-Mary, elle avait environ soixante ans au moment de la tragédie.

Ce petit jeu ne conduisait à rien; il prouvait simplement que tous les personnages rencontrés depuis le début de l'enquête n'étaient pas mêlés à l'assassinat d'Ingrid — si assassinat il y avait eu. Ce doute engendra une invraisemblable hypothèse : la jeune femme étendue sur la table de marbre de la chambre noire n'était-elle pas cette même Ingrid, demeurée aussi jeune et aussi belle trente ans après sa disparition officielle ? Une folie, certes, mais cette affaire n'échappait-elle pas à la logique ordinaire ? A cause de Black House, Higgins perdait presque ses marques ; il aurait dû s'enfuir et ne plus accepter les maléfices de l'immense demeure. Mais c'était renoncer devant l'obstacle, se plier à une volonté souterraine et renoncer à déchiffrer l'énigme. Parfois, Higgins avait connu la défaite mais jamais en fuyant le champ de bataille.

Une seule Ingrid... le temps aboli, la durée anéantie, le vieillissement empêché : Sir Timothy, Faust moderne, n'avait-il pas caché au monde son unique amour et préservé à jamais le corps immortel d'une Suédoise radieuse comme le soleil ? Higgins rêvait parfois que la pesanteur et la dégradation n'existaient pas et que la condition humaine perdrait un jour sa vilenie naturelle ; mais la brume des songes se dissolvait sur le roc du réel.

Fidèle à son habitude, Irina Smith apporta à Higgins un plat cuisiné, des légumes et des fruits ; jupe jaune et corsage rouge tranchaient sur le gris du ciel. Détendue, rieuse, la voyante vanta les mérites de sa morue aux échalotes.

— Il faut vous nourrir correctement, inspecteur. Sans nourritures de qualité, le message des anges demeure brouillé ; l'humanité absorbe trop d'énergies négatives. C'est pourquoi elle se coupe du ciel.

— Livrez-vous des œuvres complètes des Swedenborg, aujourd'hui ?

— Un bon client, à Mayfair; c'est sa seconde commande.

— Vous véhiculez peut-être quelques volumes supplémentaires.

— Bien sûr, pour les cas d'urgence.

— Considérez-vous que j'en suis un?

Un bonheur ineffable emplit le cœur d'Irina Smith.

— Vous... vous désirez lire Swedenborg?

— J'en ai le plus grand besoin.

— Je vous apporte tout de suite les volumes!

Sautillante, la jeune femme franchit en peu de temps la distance qui séparait le salon des ancêtres du coffre de sa voiture; les bras lourdement chargés, elle revint au plus vite auprès du nouvel adepte.

— Commencez-vous dès maintenant?

— Sitôt cet excellent déjeuner achevé.

Irina Smith contempla Higgins avec des yeux mouillés.

— Inspecteur... puis-je vous faire une confidence?

— Je n'ose la solliciter.

— Vous êtes un homme merveilleux.

— Seulement un quêteur de vérité... ce qui n'est guère confortable.

— Le ciel récompense le véritable courage; après votre mort, vous vivrez parmi les anges.

— Je dois vous poser une question grave, Irina.

— N'hésitez pas; à vous, je ne cache rien.

— C'est précisément mon interrogation : m'avez-vous dit tout ce que vous saviez sur la chambre noire?

— Tout, absolument tout. Dans ma mémoire, il n'y a rien d'autre ; si je pouvais vous aider davantage, je le ferais sans hésiter. Hier soir, avant de m'endormir, j'ai beaucoup prié les anges afin qu'ils vous assistent. Je sais que l'âme de cette malheureuse jeune fille souffre d'avoir été abandonnée et qu'elle réclame justice ; vous seul êtes en mesure de soulager sa peine et de lui redonner la paix.

— C'est bien ce que je craignais.

— Swedenborg vous illuminera.

Irina partie en mission, Higgins fit honneur à la morue, aux poireaux et à une pomme poussée sur un arbre et sans produits chimiques, avant de s'attaquer aux textes abondants du mystique venu du Nord. Sa sincérité ne pouvait être mise en doute ; malgré les sollicitations, il avait refusé de prendre la tête d'une Église et d'être adulé par des disciples. Sa littérature, cependant, n'engendrait pas une folle gaieté ; de la nature la plus matérielle aux sphères les plus éthérées, Swedenborg se noyait dans un verbiage moralisateur en forme de sermons tirebouchonnés. Au terme d'une dizaine d'heures de lecture de plus en plus soporifique, Higgins tira néanmoins une conclusion surprenante : Swedenborg, célibataire endurci, était obsédé par l'amour conjugal et l'union des opposés. Au-delà des siècles, le mystique fournissait peut-être à l'homme du Yard un indice essentiel.

CHAPITRE XXIV

Un soleil très doux inondait la cabine téléphonique de Stanford perdue au milieu des champs. Un parterre de pâquerettes rappelait l'existence d'un printemps susceptible de se manifester entre deux averses et ondoyait sous un vent glacial qui présentait l'avantage de pousser la Bentley dans le bon sens.

A la grande surprise de Scott Marlow, Higgins n'était pas au rendez-vous ; aussitôt, le superintendant fut inquiet. Son collègue ignorait les retards. Que s'était-il passé à Black House ? On y avait forcément retenu Higgins contre son gré ! D'un pas décidé, le superintendant rebroussa chemin.

— Ne partez pas, dit la voix de Higgins. Je suis assis derrière la cabine.

De fait, l'ex-inspecteur-chef lisait l'un des nombreux hymnes de Swedenborg à la gloire du bien. S'étant quelque peu endormi, il avait failli manquer son rendez-vous.

Scott Marlow s'assit à côté de lui, sur une large pierre plate environnée d'herbes folles.

— Un document important ?

— Si l'on veut.

— Moi, j'apporte d'excellentes nouvelles. Cette fois, nous tenons une piste sérieuse : celle du notaire. J'en ai appris de belles sur son compte.

Lorsque l'excitation gagnait le débit du superintendant, Higgins pouvait accorder crédit à la qualité de son enquête.

— Notaires, avocats, juges... je me demande si ces gens-là sont du côté de la vérité, continua Marlow; en tout cas, ce Barrymore n'ennoblit pas la corporation.

— Il ne fut quand même pas emprisonné?

— Étant donné son profil, c'est regrettable. Études brillantes, premier emploi dans un cabinet londonien, puis installation en province. Bonne clientèle, dont des notables locaux assez fortunés; bonne réputation. Les choses commencent à se gâter quand il achète sa maison actuelle et engage du personnel; il doit emprunter et, afin de rembourser rapidement, joue en Bourse; mais il se trompe. Ses placements se révèlent désastreux. Il licencie, commet des indélicatesses, est l'objet de plaintes, se fait menacer de radiation.

— A quel point d'ignominie aboutit cette décadence?

— A une situation invraisemblable : Barrymore a cessé de travailler; il ne reçoit plus aucun client et ne s'occupe plus d'aucune affaire. Pourtant, il a remboursé ses dettes, conservé sa maison et mène une existence bien tranquille.

— A-t-il bénéficié d'un héritage?

— Pas le moindre.

— Des prêts familiaux?

— Parents disparus, ni frères ni sœurs, aucune relation de cet ordre connue.

— Situation bancaire ?

— Une nouvelle surprise : ce Barrymore n'a pas de compte en banque.

— Curieux, en effet... il n'est pourtant pas inactif, puisque le voici à présent dans l'héritage Robbins et au service du couple Warrant. D'anciens clients ?

— Il ne semble pas ; le lien qui les unit est aussi suspect que le bonhomme ; à nous de le découvrir. J'enverrais bien une équipe sur le terrain...

— Mais vous n'avez rien de précis à lui reprocher.

Le superintendant bougonna.

— C'est bien le problème ; je suis persuadé que ce *solicitor* est une canaille, mais comment le prouver sans nous mettre dans une situation illégale qu'il exploiterait aussitôt ? L'interroger ne nous mènera à rien ; il nous jetterait dehors. Si vous aviez une idée...

— Je vais essayer, mon cher Marlow.

⁂

Le *post-office* le plus proche de la maison de maître Barrymore était tenu par une demoiselle très stricte, toute de gris vêtue et maniant sa série de tampons administratifs avec la dextérité d'une virtuose ; souvent, dans les bureaux de poste de campagne, le préposé était un personnage conciliant, habitué à résoudre au mieux les cas difficiles. Cette fois, Higgins sentit que l'entreprise serait malaisée. Impossible d'aborder de front la demoiselle sans risquer une réaction brutale et un appel à l'officier de police local.

Si l'ex-inspecteur-chef se présentait en ce lieu à hauts risques, c'était à la suite d'un raisonnement simple : à supposer que le notaire enregistrât des rentrées d'argent indispensables à son quotidien, il fallait trouver le canal par lequel elles circulaient. Ou bien des fournisseurs lui apportaient du liquide, et de longues, voire d'interminables attentes, seraient nécessaires avant qu'ils ne se manifestent; ou bien les fonds transitaient par un organisme légal sous forme, par exemple, de mandats.

— Bonjour, mademoiselle.

La préposée ne répondit pas. Elle tamponna une série de papiers d'un bleu délavé et détourna la tête.

— J'aimerais remplir un mandat.

— Détail de la somme?

— Deux mille livres sterling.

L'œil s'alluma.

— Répétez.

— Deux mille, en petites coupures.

— A l'intention de qui?

— Maître Barrymore.

La préposée sembla très étonnée.

— Ce n'est ni la bonne heure, ni le bon jour, ni la bonne procédure! Qu'est-ce qui se passe? D'ordinaire, maître Barrymore vient lui-même chercher l'argent et la source émettrice ne se manifeste pas.

Le regard de Higgins se fit ténébreux.

— Je suis la source émettrice.

— Ça n'est pas possible!

— Pourquoi donc?

— Parce que vous ne pouvez être à la fois M. et Mme Fullmore, et que leurs deux signatures sont toujours accolées!

Cette fois, ce fut au tour de Higgins d'être troublé.

— A la réflexion, vous avez raison; je commettais une erreur.

— Mais... et vos deux mille livres?

— Je les donnerai à une bonne œuvre.

CHAPITRE XXV

L'ordinateur du Yard donna l'absence de quatre cent soixante-trois Fullmore vivant en couple dans la seule banlieue londonienne ; il fallait à présent sonder le reste de l'Angleterre. En raison de l'urgence de la situation, Scott Marlow vint chercher Higgins à Black House et le ramena au Yard. Fiches, notes et rapports s'accumulaient sur le bureau du superintendant ; une intervention auprès du ministre des Postes avait permis d'obtenir davantage d'informations : depuis qu'il avait cessé de travailler, maître Barrymore recevait régulièrement des sommes assez importantes pour lui permettre de vivre tranquille.

— Nous le tenons, Higgins !

— Je crains que non ; cette pratique n'a rien d'illégal.

— Pourquoi ces Fullmore versent-ils autant d'argent ?

— Demandons-lui.

Cette fois, le superintendant tenait un motif solide ; il espérait que les investigations scientifiques lui fourniraient un détail supplémentaire mais surmonta sa déception en lançant le moteur de la Bentley.

Tendu, il conduisit nerveusement.

— Prenez garde, mon cher Marlow ; les derniers tournants sont dangereux.

— Je suis persuadé de la culpabilité du notaire ; s'il se terre dans son domaine, c'est qu'il a des complices : les Warrant, évidemment, qui se présentent comme des clients. Ces trois-là ont fomenté un complot contre les corgies de la reine.

— Ce n'est pas impossible.

— Si le gaillard croit nous éconduire de la même manière, il se trompe ; cette fois, il faudra qu'il s'explique.

Un soleil presque chaud dévoilait les charmes de la maison du *solicitor* ; en bras de chemise, il passait une tondeuse à gazon au moteur bruyant. Scott Marlow le héla à plusieurs reprises ; quand il aperçut les deux policiers, maître Barrymore leva la tête mais ne stoppa pas son moteur et resta auprès de sa tondeuse comme auprès d'une arme défensive.

— Encore vous ! Auriez-vous oublié quelque chose ?

— En effet, vous interroger sur vos moyens d'existence.

— Violation de domicile, abus de pouvoir, atteinte à la dignité humaine... votre carrière risque fort d'être terminée, inspecteur !

— Superintendant, rectifia Scott Marlow, impérial. Coupez ce moteur.

— Jc suis libre de mes mouvements.

— Libre de toucher régulièrement des mandats de M. et Mme Fullmore, par exemple.

Maître Barrymore fit cesser le bruit infernal. Ressemblant davantage à un homme des bois qu'à un homme de loi, il marcha d'un pas rageur vers les deux policiers ; peu impressionné, Marlow ne recula pas. Pour sauver l'honneur de Sa Majesté, il était prêt aux affrontements les plus rudes.

— Quel nom avez-vous prononcé ?

— Vous avez parfaitement entendu.

Les mains sur les hanches, la chemise ouverte jusqu'au milieu de la poitrine, le visage rougi de colère, le notaire ne semblait pas en perdition.

— Qu'est-ce qui justifie votre infamante intervention ?

— Depuis presque trente ans, vous ne travaillez plus et vous recevez de l'argent de ces Fullmore que je désire interroger.

— Je travaille à réfléchir, superintendant. Nous autres, spécialistes du droit, glissons beaucoup trop vite sur les affaires qui nous sont confiées ; c'est pourquoi je choisis : aujourd'hui, je m'occupe du cas de Robin et d'Amanda Warrant. Soyez certain qu'ils gagneront contre la Couronne et jouiront bientôt de leur héritage légitime.

Excédé, Marlow repartit à l'assaut.

— Je suppose que les Fullmore sont d'anciens clients tellement satisfaits de vos services qu'ils continuent à vous payer, trente ans après le succès obtenu par vos soins ?

Un large sourire orna le visage grossier de maître Barrymore.

— En plein dans le centre de la cible, superintendant ! Vous devez être un sacré joueur de fléchettes.

— Qui sont ces gens et où résident-ils ?
— Je les connais très mal.
— Prenez garde, maître Barrymore, personne ne se moque longtemps de Scotland Yard.

L'attitude de Scott Marlow impressionna le *solicitor*, il comprit que son interlocuteur, blessé au vif, ne plaisantait pas.

— Je ne me moque pas de vous, superintendant. Les Fullmore me versent une rente à vie pour les avoir tirés d'une situation catastrophique ; ce sont de bons chrétiens, éternellement reconnaissants à leur bienfaiteur. Pourquoi refuserais-je cette manne céleste ?
— Admettons... quelle fut votre action d'éclat ?
— Secret professionnel.

Higgins sentit que son collègue était au bord de l'explosion.

— Adresse des Fullmore ?
— Je l'ignore. Ils ont dû déménager souvent ; moi, ce qui m'intéresse, c'est leur don généreux.

Le notaire remit en marche sa tondeuse et, tournant le dos au superintendant, partit à l'assaut des brins d'herbe.

⁂

D'un revers de main, Marlow balaya les centaines de fiches. Pourquoi le Royaume-Uni comptait-il autant de Fullmore ? De plus, une erreur de manipulation informatique les mélangeait aux Smith qui dévalaient par milliers sur le bureau du superintendant.

— Nous n'y arriverons jamais, Higgins. Ce bandit nous échappe, une fois de plus.

— Ne désespérez pas, mon cher Marlow.

— Auriez-vous un moyen d'identifier les bons Fullmore ?

— Une petite idée, tout au plus ; elle mérite d'être vérifiée. Nous aurons besoin de votre Bentley... et de toute votre autorité.

— J'irai jusqu'aux limites extrêmes de la légalité.

— Cela devrait suffire.

⁂

Vaillante, la voiture atteignit sans encombre le domaine des Warrant. Élevage de chevaux et production de fruits devaient rapporter au couple des sommes non négligeables ; l'ensemble de la propriété, correctement entretenue, faisait bonne impression. Une dizaine d'employés vaquaient à leurs occupations, dans le calme d'une campagne paisible, arrosée d'une pluie douce et constante.

Marlow demanda à parler au régisseur, un homme jeune et sympathique.

— Scotland Yard ? s'étonna-t-il. Que se passe-t-il ?

— Rien de grave, rassurez-vous, répondit Higgins. M. et Mme Warrant sont-ils ici ?

— Non, inspecteur. Je ne vois M. Warrant qu'une fois par mois, pour les comptes et la gestion ; madame, jamais. Elle déteste la campagne.

— Nous aimerions nous entretenir avec M. et Mme Fullmore.

— Les palefreniers ? Ça, je m'en doutais !

— Pourquoi ?

— Il conduit trop vite, le samedi soir, en sortant

du pub. Un jour ou l'autre, il devait être repéré. Ne soyez quand même pas trop dur ; c'est un très brave homme qui adore les chevaux. Sa femme en fera une maladie s'il est arrêté.

— Espérons qu'il se montrera coopératif. Il se trouve aux écuries, je suppose ?

— Je vous montre le chemin.

Pendant que l'ordinateur dévidait la liste des Fullmore vivant dans le Commonwealth, Higgins et Marlow furent présentés à Winston Fullmore, palefrenier sur les terres des Warrant, personnage râblé, au front bas et étroit, coiffé d'une casquette noire, vêtu d'une chemise de laine et d'un pantalon à bretelles. Il nourrissait un magnifique cheval noir et n'interrompit pas son travail pour répondre aux policiers.

— Qu'est-ce qu'on me veut ?

— Travaillez-vous ici depuis longtemps ?

— Ça va faire une cinquantaine d'années. J'ai commencé à huit ans.

— Bonnes relations avec votre patron ?

Le bonhomme plongea le nez dans le fourrage.

— Lui, c'est le patron ; moi, l'employé. Je travaille, il paye. C'est comme ça.

— Quel genre de travail ?

Le palefrenier, stupéfait, se tourna vers Higgins, ôta sa casquette, se gratta le crâne et remit en place le couvre-chef.

— Ben... vous le voyez bien !

— Nous ne parlons pas de celui-là, mais du service mensuel que vous rendez à maître Barrymore.

Winston Fullmore sortit du tabac de sa poche

gauche, du papier jaune de la droite et commença à rouler une cigarette.

— Ça, je ne comprends pas... le patron m'avait juré que seuls ma femme et moi étions au courant. Ah, mais j'y suis, le Barrymore, il est passé?

— Non, vous pouvez continuer.

— Tant mieux pour lui. Ce qu'on fait, ma femme et moi, c'est pour rendre service au patron; lui ça le gênait d'expédier des mandats. Il nous donne l'argent et on s'en occupe; rien d'illégal, hein?

— Votre petite gratification, murmura Higgins, est un peu moins légale.

Crispés, les doigts de Winston Fullmore laissèrent tomber le tabac dans le fourrage.

— D'accord, on touche une petite prime... mais c'est une toute petite prime. Vous n'en voudriez même pas, j'en suis sûr.

— Cette perspicacité vous honore. Quand votre patron revient-il au domaine?

— Dans une vingtaine de jours.

— Parfait, jugea Higgins; j'espère que nous aurons terminé et que vous serez libéré de cette tâche ingrate.

— Terminé... avec qui?

— C'est là toute l'énigme, reconnut l'ex-inspecteur-chef.

CHAPITRE XXVI

Ainsi, le couple Warrant était lié d'une bien étrange manière à maître Barrymore depuis une trentaine d'années ; pour le superintendant, un mot s'imposait : chantage. Le *solicitor* contraignait le gentleman-farmer à l'entretenir pour une obscure raison qu'il convenait d'éclaircir au plus vite ; d'un côté, Marlow serait satisfait en prêtant main-forte aux corgies d'Élisabeth II, de l'autre, Higgins en rattachant ce complot au cadavre de la jeune femme blonde.

Conscient de parvenir au terme d'une affaire sordide et pourtant banale, Marlow marcha de l'avant en rendant visite aux Warrant ; Higgins accepta de l'accompagner. Quoiqu'il ne formulât aucune réserve sur le bien-fondé de la démarche, le superintendant ressentit un léger désaccord ; il passa outre, décidé à mettre le fer au feu.

Ce fut Amanda Warrant qui reçut les hommes du Yard, peu avant midi ; sa teinture blond vénitien avait repris de la vigueur. Corsage à fleurs et jupe plissée lui donnaient presque l'allure d'une collégienne.

— Messieurs... que cherchez-vous encore?

— La vérité, répondit Marlow, sévère.

— A quel propos?

— Vous le savez aussi bien que nous.

Figée sur le seuil, elle ne paraissait guère décidée à accueillir ces visiteurs inconvenants.

— Si votre intention est de manier le sous-entendu insultant, disparaissez.

— Calmez-vous, recommanda Marlow. Un nom suffira à vous éclairer : Fullmore.

— Notre palefrenier? Il s'est encore enivré, je parie... et c'est pour cette raison que vous me dérangez? Voyez notre régisseur.

— Puisque vous persistez à jouer la comédie, je préciserai donc : Fullmore et maître Barrymore.

Amanda Warrant, ajustant ses lunettes à l'ancienne, considéra le superintendant avec davantage d'attention.

— Quelle est la solution de cette devinette grotesque?

— Puisque vous ne semblez pas au courant, suggéra Higgins, peut-être devrions-nous interroger votre mari?

— Robin est malade; il est hors de question de le déranger.

Furibond, Scott Marlow se fit agressif.

— Fort bien, madame Warrant. Dans une demi-heure, vous recevrez une convocation pour vous rendre séance tenante à Scotland Yard, vous et votre mari. Comme vous êtes soupçonnés de complot contre la Couronne, une dizaine de policiers en uniforme seront présents devant votre porte dans moins d'un quart d'heure.

La jeune femme prit la menace au sérieux.

— Votre agressivité m'étonne... complot contre la Couronne, prétendez-vous? Mais c'est une folie... Robin et moi...

— Permettez-nous d'entrer, demanda Higgins d'une voix douce, et allez chercher votre mari; tentons d'éviter ensemble violence et scandale.

— C'est préférable, en effet.

Ni Marlow ni Higgins ne s'installèrent dans un fauteuil, ils attendirent debout l'apparition du maître de maison. Grelottant, tenant serrés les pans de sa robe de chambre, les yeux fiévreux, Robin Warrant souffrait d'un refroidissement incontestable.

— Pardonnez-moi, messieurs, mais je n'ai pas l'esprit très clair... veuillez parler lentement.

Il s'effondra dans un canapé, Amanda plaqua sur le front de son époux un gant de toilette gorgé d'eau glacée.

— Tu es libre de ne pas leur répondre; ne te laisse pas impressionner.

Robin Warrant lui adressa une œillade reconnaissante et croisa les jambes; ses pommettes semblaient plus saillantes qu'à l'ordinaire, et la fièvre avait un peu gonflé les lèvres en lame de couteau.

— Je n'ai rien à cacher, ma chérie; mon existence ressemble à un livre ouvert.

— Feuilletons ensemble le chapitre consacré à votre palefrenier, proposa Higgins; pourquoi lui demandez-vous, depuis trente ans, d'adresser chaque mois une somme d'argent non négligeable à maître Barrymore?

Amanda Warrant sursauta.

— Qu'avez-vous inventé ?

Scott Marlow réagit aussitôt.

— Une dernière fois, madame, mesurez vos propos ! Si vous exigez le témoignage de M. Fullmore, je le fais quérir sur-le-champ.

La jeune femme, choquée, battit en retraite.

— Pardonnez-moi... je suis si... si surprise... mon mari ne m'avait pas parlé de...

Il lui prit tendrement la main.

— C'était pour ne pas t'importuner avec ces problèmes financiers.

— Nous avons tellement de soucis ! Tu aurais quand même dû m'informer, j'aurais mieux compris l'étendue de nos dettes.

— Bientôt, tout ira mieux. Fais-moi confiance.

— Désolé de vous interrompre, intervint Higgins, mais nous voudrions mieux comprendre, nous aussi.

— Comprendre quoi, inspecteur ?

— La cause de ces versements ininterrompus depuis si longtemps.

— A maître Barrymore ?

— A maître Barrymore, répéta Higgins, très calme.

« Ce type nous prend pour des idiots », pensa le superintendant qui, selon l'expression française, sentait la moutarde lui monter au nez.

— Aucun mystère, affirma le gentleman-farmer : il s'agit d'un prêt d'honneur.

— D'un montant considérable, semble-t-il.

— Ni papier ni contrat, mais une parole d'honnêtes gens, précisa Robin Warrant. J'avais besoin de cet argent pour acquérir ma propriété ; grâce à maître Barrymore, je ne dépends d'aucune banque. Bientôt, le prêt sera remboursé ; nous connaîtrons de nouveau l'aisance financière. En raison du montant des intérêts, ces dernières années furent très difficiles.

— Pourquoi user d'un stratagème ? interrogea Marlow.

— Notre brave palefrenier ? Dois-je vraiment l'avouer ?

— Ce serait une initiative appréciée.

— Alors, messieurs, promettez-moi de ne pas me dénoncer !

— A qui donc ?

— Au fisc, naturellement ! En procédant de cette manière, j'y trouvais mon compte, croyez-moi ; mon vieil employé méritait bien son petit dédommagement.

Marlow eut envie de crier « balivernes » et de secouer Warrant comme un prunier afin d'obtenir la vérité, mais Higgins lui coupa l'herbe sous le pied.

— Merci de votre compréhension, cher monsieur, voilà une énigme définitivement éclaircie.

CHAPITRE XXVII

Scott Marlow, crispé sur le volant, ne décolérait pas.

— Mais enfin, Higgins, ces explications ne tiennent pas debout ?

— Exact.

— Ce Warrant se paye notre tête !

— Encore exact.

La fureur retomba.

— Si nous sommes d'accord, pourquoi ne pas le pousser dans ses retranchements ?

— Parce qu'il nous manque encore des éléments et qu'inculper trop tôt Warrant serait une erreur.

— Vous ne comptez quand même pas l'innocenter ?

— Sur ce point, soyez rassuré.

Soulagé, le superintendant conduisit avec davantage de décontraction. Heureuse de retourner à la campagne, la Bentley se faufila entre averses et éclaircies ; Marlow déposa Higgins devant l'entrée de Black House et repartit pour le Yard, pressé de vérifier les dernières livraisons de l'ordinateur ; peut-être avait-il, par hasard, fourni un détail supplémentaire.

Assise près de la cheminée, dans le grand salon des ancêtres, Irina Smith attendait Higgins. Ce dernier alluma une bougie et réanima le feu; la voyante, immobile, semblait perdue dans un rêve.

— J'ai peur, confia-t-elle.

— Vos anges vous ont-ils révélé un danger?

— Mes anges ne me parlent plus, c'est pourquoi j'ai peur. Ici, auprès de vous, je me sens en sécurité.

— Restez aussi longtemps qu'il vous plaira.

— Hélas, c'est impossible. Cary a besoin de moi, pourtant, lui aussi me fait peur.

— Des menaces à votre égard?

— Non... mais des mensonges.

— De quel ordre?

— Je ne saurais dire et je ne veux pas le savoir; ce qui procède des ténèbres m'épouvante. Pourquoi l'humanité s'acharne-t-elle à détruire et à répandre le mal? Par instants un doute affreux s'empare de moi : serait-elle née mauvaise?

— Un modeste inspecteur du Yard est bien incapable de répondre à cette grave question; mon expérience, si limitée soit-elle, ne m'invite pas à un optimisme démesuré.

— N'avez-vous jamais rencontré d'êtres purs et désintéressés?

L'armure médiévale grinça, souffrant de quelque rhumatisme métallique.

— Quelques-uns. Un certain nombre d'entre eux ont été assassinés; les autres n'ont guère connu de succès en ce monde.

— Autour de vous, il existe quand même un cercle d'amis?

Higgins la regarda droit dans les yeux.

— Seriez-vous en train de procéder à un interrogatoire en règle?

Elle baissa les yeux, affreusement gênée.

— Je voulais simplement connaître mieux l'homme qui allait me jeter en prison.

Une flamme très haute s'éleva dans le conduit de la cheminée, comme si le bois martyrisé émettait une protestation.

— Est-ce un aveu, Irina?

— Ma mémoire est tellement troublée, inspecteur, que je suis incapable de clamer mon innocence... peut-être ai-je tué cette jeune femme blonde, peut-être ai-je apporté son cadavre dans la chambre noire!

— Cessez de vous tourmenter ainsi.

La voyante contempla le feu.

— Abandonnerez-vous votre enquête, inspecteur?

— Non, Irina.

— Si vous établissez ma culpabilité, m'arrêterez-vous?

— Oui, Irina.

— Merci de votre sincérité; comment, dans ces conditions, pourrais-je être sereine? Si un assassin sommeille au plus profond de mon âme, ne devrais-je pas me jeter dans ces flammes et anéantir mon crime?

— Attendez au moins les conclusions de mon enquête.

D'un vif mouvement de tête, la voyante se tourna vers Higgins; au fond de ses yeux se lisait sa détresse.

— Jurez-moi de dire la vérité, quelle qu'elle soit.

— Vous avez ma parole.

Soulagée, Irina Smith se détendit. La tête penchée en arrière, le corps relâché, elle goûta la tiédeur du feu et le calme du salon des ancêtres.

— Le temps devrait s'arrêter; nous resterions ici, tous les deux, loin de cette humanité insensée.

— Le temps s'est peut-être arrêté, avança Higgins, en ce qui concerne la jeune morte. Vous comme moi avons eu la sensation qu'elle s'était momifiée; vos anges vous ont-ils parlé de cas semblables?

— Mes anges, non, mais Swedenborg, oui, à propos des saints. Le corps de certains est demeuré intact longtemps après leur décès, exhalant une odeur de rose ou de jasmin.

Higgins n'avait rien noté de tel dans la chambre noire, la jeune morte n'était donc pas une sainte. En revanche, il se souvenait du fameux chapitre du *Manuel de criminologie* de M.B. Masters, la bible de tous les enquêteurs, consacré aux « cadavres incorruptibles »; il y signalait, en France et en Écosse, deux cas de femmes découvertes l'une dans une chapelle, l'autre dans un château. Masters exprimait la plus grande réserve pour la Française mais, avec son objectivité légendaire, qualifiait l'Écossaise de « possible transfert fantomatique ».

— Croyez-vous, Irina, qu'une morte puisse sortir de son tombeau et demeurer intacte pendant trente ans?

— Les Égyptiens avaient bien découvert le secret de la momification; quelqu'un peut avoir gardé le cadavre en l'embaumant d'une manière efficace et en le préservant dans la chambre noire.

Higgins consulta son carnet noir, biffa quelques phrases, ajouta des notations; l'hypothèse la plus folle commençait à s'imposer. Une femme, une seule femme qui avait traversé la mort pendant trois décennies... qui l'avait condamnée à un tel sort? Quel amour ou quelle haine l'avaient contrainte à subir cet au-delà sans sépulture, au cœur d'une demeure ténébreuse?

— Un pressentiment me torture, inspecteur, un horrible pressentiment... vous devriez abandonner cette enquête. Personne ne ressuscitera cette malheureuse.

— Comment trouvera-t-elle le repos, si son assassin n'est pas identifié?

Irina Smith ne protesta pas; Higgins avait raison.

— Avez-vous la certitude de réussir?

— Non, avoua-t-il; quelque chose d'essentiel m'échappe et j'avance à l'aveuglette en dépit d'une poignée de certitudes.

La voyante se leva tremblante.

— Une affection sincère vous ferait-elle renoncer?

Higgins, les mains croisées sur les genoux, parut hésiter; un doux espoir emplit le cœur d'Irina Smith; ne réussissait-elle pas à le convaincre?

— Ni affection ni haine.

Vaincue, la voyante quitta Black House où la mort continuait à rôder; peut-être ne reverrait-elle jamais Higgins.

⁂

L'ex-inspecteur-chef se hâta jusqu'à la cabine téléphonique de Stanford; cette marche rapide lui permit de vérifier que le souffle demeurait vigoureux et le jarret solide. Le standard de Scotland Yard, bien qu'il fût affecté d'une panne partielle, parvint à lui passer un Scott Marlow en ébullition.

— Une véritable transmission de pensée, Higgins! J'avais justement une formidable nouvelle à vous annoncer : maître Barrymore a tenté de s'enfuir avec son magot. Dans sa précipitation, il a oublié ses papiers et s'est querellé avec un douanier, à l'aéroport; n'est-ce pas le plus probant des aveux?

— Loin de moi l'idée de l'innocenter; j'ai une tâche urgente à vous confier, superintendant.

— Laquelle?

— Éviter un nouveau meurtre.

CHAPITRE XXVIII

— Par saint Georges, superintendant, je n'avais aucune intention de disparaître.

— N'injuriez pas les valeurs sacrées, maître Barrymore. Un billet d'avion pour la Suisse et une fortune en liquide ne sont-ils pas des preuves suffisantes?

— Des preuves de quoi? D'un voyage à l'étranger, voilà tout.

— Vous serez inculpé d'infraction au contrôle des changes et d'injures à douanier.

— Si ça vous amuse...

— Vous feriez mieux d'avouer.

— Avouer quoi?

— Votre complot.

Le notaire se tapa sur les cuisses.

— Vous divaguez! Notifiez vos plaintes et je les examinerai. A présent, je m'en vais.

— Je pourrais vous retenir.

— Essayez donc...

Les deux hommes se défièrent du regard.

— Partez, maître; mais ne vous éloignez plus de votre domicile. Je vous considère comme... comme un témoin essentiel.

Le *solicitor* ricana.

— Considérez aussi longtemps qu'il vous plaira... chacun ses distractions.

— Soyez-en certain : je vous enverrai en prison.

⁂

Chez les Warrant, la soirée fut mortelle. Pour la première fois depuis leur mariage, Robin et Amanda gardèrent un silence gêné. Otant ses lunettes afin de ne pas voir trop distinctement son mari, Amanda jeta son assiette pleine sur le tapis.

— Chérie ! qu'est-ce qui te prend ?

— J'ai horreur du mensonge et encore plus des menteurs.

Les lèvres minces de Robin Warrant se crispèrent ; il serra le couteau qui lui avait servi à découper sa viande et fixa son épouse d'un œil glacial.

— Tu n'as pas le droit de m'accuser.

— Nierais-tu m'avoir trompée ?

— Oui bien sûr, il s'agit d'une simple omission ; tu as les nerfs fragiles et j'ai voulu les préserver. Autrement dit, tu me reproches mes attentions.

Elle quitta la table, furieuse et tourna le dos à son mari.

— Tu te moques de moi.

Sans lâcher le couteau, il se leva à son tour et s'approcha de son épouse.

— Cette dispute stupide n'a aucune raison d'être ; ne sommes-nous pas heureux ensemble ? Oublions ces vétilles.

Émue, elle se retourna, et aperçut le couteau. Robin Warrant le posa sur la table ; puis, malgré ses réticences, il la prit dans ses bras.

— Tu ne m'embrasses pas?
— Pas maintenant; j'ai besoin d'être seule.
— Comme tu voudras.

***

Maître Barrymore, nerveux, renversa son verre de bière. Furieux contre lui-même, il donna un coup de pied dans le premier siège venu; les ennuis se succédaient à une cadence de plus en plus précipitée, les barrages sautaient, les nuages noirs s'épaississaient. Un homme d'action aurait réagi avec la dernière vigueur et renversé la tendance : malheureusement, le *solicitor* était le contraire d'un homme d'action.

Dos au mur, comment réagir? Les inspecteurs du Yard progressaient vite; s'ils avançaient encore, ils mettraient au jour le pot aux roses. Et là... même un tacticien comme lui ne parviendrait pas à s'en tirer!

Pour éviter une maladie grave, la meilleure méthode n'était-elle pas la prévention? En supprimant la cause du mal, il écarterait les menaces qui pesaient sur lui.

« Facile à dire », songea maître Barrymore.

***

Irina Smith, allongée sur son lit, lisait un texte magnifique de Swedenborg sur la mission des anges et leur descente sur terre quand Cary Rodson frappa à sa porte.

— Entre.

Il poussa lentement la porte, contrairement à son habitude.

— Tu te sens bien, ce soir?

— Oui, pourquoi?

— Je t'ai trouvée bizarre, au dîner.

Irina posa son livre.

— Je sens qu'une vision se prépare; une vision terrifiante que je repousse de tout mon être.

— La vérité sur cette maudite affaire de Black House?

— Sans doute... mais je n'ai aucun contrôle sur la nature de mes voyances, tu le sais bien.

— Il est bien tard, Irina.

— Je n'ai pas sommeil.

— Je t'ai apporté des cachets; dormir est indispensable. Ne bouge pas : voici un verre d'eau.

Irina remercia le ciel de lui avoir accordé un compagnon aussi prévenant, accepta les cachets et un baiser, puis se replongea dans la lecture.

***

A minuit passé, l'homme sortit de chez lui et inspecta longuement les environs : personne en vue. Bien sanglé dans son imperméable, le visage masqué par un foulard, il traversa la rue, courut jusqu'à sa voiture, ouvrit la portière, s'assit et démarra. Il ne parcourut qu'une cinquantaine de mètres, s'arrêta devant son domicile, laissant le moteur tourner, il alla chercher sa passagère. Presque inconsciente, elle ne lui opposa aucune résistance.

— Viens, ma chérie, murmura-t-il; tu avais besoin d'une longue promenade.

Il l'installa à l'arrière en la couchant sur les sièges; elle ne tarderait pas à sombrer dans un sommeil comateux et il pourrait rouler tranquillement.

Le hurlement d'une sirène le fit sursauter.

Une voiture de police lui barra la route ; en descendirent Scott Marlow et deux policiers en uniforme ; partir en marche arrière était impossible car un autre véhicule du Yard empêchait toute retraite. Il abandonna la femme qui murmurait des phrases incohérentes et fit face au superintendant.

— Bonsoir, monsieur Rodson. Des ennuis ?

— Oh oui... Irina s'est trouvée mal, je comptais l'emmener à l'hôpital.

— Nous tombons bien ; aidez-moi à la transporter dans une voiture de police.

⁂

— Vous êtes ma première visite, inspecteur.

Higgins arrangea le bouquet de fleurs printanières ; il égayerait la chambre où Irina Smith se remettrait vite. Grâce à des soins rapides, le début d'empoisonnement par les somnifères ne serait bientôt qu'un mauvais souvenir.

— Avez-vous absorbé une quantité inhabituelle de cachets ?

— D'ordinaire, je prends une poudre. Mais...

— Mais ?

La jeune femme regarda son drap.

— C'est Cary qui m'a donné le verre contenant cette drogue... vous ne pensez tout de même pas que...

— Je n'ai pensé qu'à une seule chose : faire surveiller votre domicile par le superintendant en lui demandant d'intervenir au moindre incident.

— Vous m'avez donc sauvé la vie.

— Vous avez eu beaucoup de chance.

— Je suis persuadée que Cary s'est trompé dans le dosage ; il est parfois très étourdi. Si vous avez un peu d'affection pour moi, ne l'inculpez pas.

— Il sera fait selon votre volonté, Irina.

CHAPITRE XXIX

Rose-Mary, assise sur une pauvre chaise en bois, ne fut pas surprise de revoir Higgins.

— Je vous attendais, inspecteur.

— Vous avez encore beaucoup à dire, chère madame.

Elle leva la main droite, comme pour interrompre toute discussion, et déclama :

L'eau s'écoule dans le secret du fleuve,
Nul ne connaît le terme de l'épreuve.

— Ce sont deux vers de J.B. Harrenlittlewoodrof, s'étonna l'ex-inspecteur-chef.

— J'avais oublié son nom. Elle est venue ici, il y a bien longtemps, et m'a récité d'interminables poésies ; j'ai retenu ces phrases-là, allez savoir pourquoi…

La vieille dame laissa retomber la main et reprit son tricot ; le soir elle défaisait le travail de la journée. A son âge, elle ne voulait plus rien achever, heureuse de s'ouvrir un avenir lointain en forme de mailles et de pelote de laine.

— Vous la connaissez aussi?

— J'apprécie ses œuvres, reconnut Higgins.

— Elle était sympathique et bien élevée... mais vous désirez me parler de quelqu'un d'autre, n'est-ce pas?

— J'ai besoin de vous pour identifier des personnes sur une photographie.

— Je n'y vois plus très clair... essayons quand même.

Higgins approcha une bougie et montra à Rose-Mary l'énigmatique document découvert dans la chambre noire; elle n'hésita pas une seconde.

— C'est Sir Timothy, bien sûr, et Ingrid! Que de souvenirs, quelle époque heureuse...

— Vous êtes formelle : il ne peut s'agir d'un autre homme?

— La question ne se pose même pas. Où avez-vous trouvé cette photo?

— Archives de Scotland Yard.

— C'est étonnant... Sir Timothy refusait absolument qu'on le prît en photo; il l'interdisait même à Robin.

Higgins ouvrit son carnet noir.

— M. Warrant pratiquait-il cet art?

— Pendant quelque temps, ce fut sa distraction favorite; il s'intéressait à toutes ces choses modernes et inutiles. La jeunesse est parfois stupide.

Elle examina de nouveau la photographie.

— Vous avez vu comment ils se tiennent par la main? Ça me rappelle un détail. Ingrid était gauchère. Son seul défaut, la pauvre petite... elle a tenté de se corriger mais le naturel reprenait vite le dessus. Et Sir Timothy, quelle prestance, quelle allure ! Rares sont les hommes, aujourd'hui, qui portent l'habit avec autant de distinction.

— Un être solitaire, disiez-vous.

— Pour ça ! Même sauvage... après la mort d'Ingrid, il a reporté son affection sur les chiens. Son dernier corgy, le plus intelligent, lui ressemblait beaucoup : renfermé, intraitable et autoritaire. S'il l'a enterré dans le domaine, c'est pour rendre hommage à son seul ami. Sir Timothy était persuadé qu'il l'attendrait de l'autre côté de la mort pour le guider dans l'autre monde. Il avait peut-être raison, après tout, les animaux savent plus de choses que nous.

— Quand le corgy préféré de Sir Timothy est décédé, le drame ne s'est-il pas accompagné d'un autre événement insolite ?

Rose-Mary fouilla dans sa mémoire.

— Un rebord de toiture s'est écroulé... mais je n'en suis plus très sûre.

Higgins fit quelques pas à l'intérieur de la modeste maison tout en consultant ses notes. La vieille femme le considéra d'un œil torve.

— Que cherchez-vous ?

— Vous pourriez m'aider à résoudre une énigme.

— A mon âge...

— Votre esprit est demeuré très clair. Que pensez-vous de ce texte ?

Higgins remit à Rose-Mary la copie du dernier testament rédigé par Sir Timothy.

— Ah... ses dernières volontés ! Elles ne me concernent pas.

— Déshériter les descendants de son chien préféré au profit des Warrant... pourquoi?

— Je l'ignore et ça ne m'intéresse pas.

— Depuis combien de temps le tarif postal actuel est-il en vigueur?

La vieille femme ferma les yeux.

— Je n'écris à personne.

Higgins s'approcha d'elle et lui parla avec douceur.

— C'est vous qui avez envoyé ce testament au superintendant Marlow, à Scotland Yard; non seulement vous ignoriez le changement de tarification, grâce auquel je connais la date de ce courrier, mais encore, en collant le timbre, vous avez laissé une preuve sous la forme d'un fragment de cheveux gris. Est-ce bien la vérité?

Rose-Mary hocha la tête affirmativement.

— J'avais d'autres suspects en vue mais vous étiez ma favorite. Reste à savoir si vous avez agi de votre propre chef ou sur l'ordre de feu Timothy Robbins qui vous aurait demandé d'attendre une date précise pour bouleverser ses dispositions testamentaires.

— A vous de deviner, inspecteur... à condition que vous n'ayez pas tout inventé.

— Prendriez-vous plaisir à m'induire en erreur?

— Un autre policier, oui... vous, non. J'ai le sentiment que vous respectez les gens et que vous évitez de les détruire, quel que soit votre pouvoir.

— En ce cas, acceptez-vous de m'aider davantage?

— Je ne vois pas ce que je pourrais vous apprendre de plus.

— Êtes-vous liée, d'une manière ou d'une autre, à Robin Warrant ou à son épouse ?

Les yeux toujours clos, elle se rebella.

— Je suis une domestique, inspecteur, et je n'appartiens pas à ce monde-là !

— J'éprouve pourtant le sentiment que vous ne me dites pas toute la vérité.

— La vérité, marmonna-t-elle, la vérité... qui pourra jamais la découvrir ? Ce sont des événements si anciens, et je me trouve aux portes de la mort. Oubliez cette histoire, inspecteur, oubliez-moi ! La vérité mérite d'être enterrée comme un diamant maléfique ; Ingrid était jolie, bien trop jolie. Laissez-moi, à présent... je voudrais dormir.

CHAPITRE XXX

Higgins se réveilla en sursaut.

Quelqu'un marchait dans le couloir et se dirigeait vers la salle des ancêtres. L'ex-inspecteur-chef enfila une robe de chambre et fit face à l'adversaire.

Toute de noir vêtue, les yeux hagards, Irina Smith avançait lentement ; elle tenait serrée contre sa poitrine une paire de pieds tournants cirés à la perfection. Se dresser en travers de sa route ou la réveiller brutalement, ni l'une ni l'autre de ces actions n'était souhaitable. Higgins la laissa passer et se contenta de la suivre.

Elle monta l'escalier et, sans hésiter, prit la direction de la chambre noire. Parvenue devant la porte de la sinistre pièce, elle s'immobilisa, posa les pieds tournants et s'évanouit. Higgins, prudent, se tenait à peu de distance derrière elle et la recueillit dans ses bras.

Un mouchoir imbibé d'essence de lavande fut un moyen efficace de ranimer la voyante ; comme si elle revenait d'un long voyage, Irina Smith reprit progressivement conscience.

— C'est vous, inspecteur...

— Sans aucun doute.
— Et je suis... à Black House?
— Exact. Avez-vous une explication quelconque pour justifier cette intrusion nocturne?
— Non, aucune... quelle heure est-il?
— Deux heures du matin.
Elle poussa un petit cri.
— Je suis désolée... j'ai dû vous réveiller!
— Difficile à nier; puisqu'il en est ainsi, empruntons votre voiture et consultons l'homme qui détient les réponses.
— Vous voulez parler de...
— Cary Rodson, bien entendu.

***

Le gérant de la Swedenborg Society se frotta les yeux et versa du café dans les tasses.
— Je n'ai pas entendu partir Irina, indiqua-t-il.
— Allons, M. Rodson... cessons de mentir, voulez-vous?
Affolée, la voyante se mit en retrait. Son compagnon but un peu de café brûlant.
— Je n'admets pas vos insinuations, inspecteur. On m'a toujours considéré comme un honnête homme et ma réputation est sans tache.
— Otez vos pantoufles, ordonna l'ex-inspecteur-chef.
— Je vous demande pardon...
Sous le regard sévère de Higgins, Cary Rodson obéit.
— Chaussez ces pieds tournants que portait Irina.
— Moi? Pourquoi moi... ces chaussures ne m'appartiennent pas!

Le regard de l'homme du Yard dissuada le gérant de la Swedenborg Society de protester davantage. Le résultat fut spectaculaire et convaincant.

— Elles vous vont comme un gant, constata-t-il.

Confus, rougissant, Cary Rodson ôta les pieds tournants.

— C'est un hasard, bien sûr...

— J'ai une autre idée, avança Higgins en présentant le chapeau trouvé dans la chambre noire. Essayez-le.

— Je ne porte pas de couvre-chef.

Cary Rodson céda à nouveau.

— Admirable, estima Higgins. C'est pratiquement du sur-mesure.

Irina, tremblante, sortit de son mutisme et serra son compagnon dans ses bras.

— Ces objets, c'est moi qui les ai pris... Cary n'est pas responsable.

— Que concluez-vous de ces expériences ridicules? demanda-t-il, inquiet.

Higgins écrivit quelques phrases sur son carnet noir et le referma.

***

Au beau milieu de la nuit, Higgins était certain de trouver Malcolm Mac Cullough en plein travail; de fait, le commissaire-priseur dépouillait un énorme traité de numismatique comparée tout en dégustant un gâteau à l'ananas de sa fabrication. L'ex-inspecteur-chef fut obligé d'y goûter mais obtint ce qu'il désirait : une énorme loupe. Pendant que son ami feuilletait les pagcs du traité, l'ex-inspecteur-chef examina la photographie où figu raient Sir Timothy et sa fiancée devant l'une des cheminées de Black House.

D'abord, il fut très troublé : Ingrid ressemblait trait pour trait à la jeune morte de la chambre noire, une défunte qui avait donc échappé au temps et au vieillissement. Si cette conclusion était la bonne, l'enquête échappait à Higgins et à Scotland Yard tout entier; il est des domaines où la meilleure police du monde ne peut pénétrer. A moins, comme il était possible, que le document fût très récent.

Puis l'ex-inspecteur-chef promena la loupe sur chaque détail de la photographie; il admira la pureté du visage d'Ingrid, sa beauté rayonnante, la gravité de Sir Timothy mais aussi sa pâleur. L'aristocrate semblait épuisé, tel un voyageur enfin revenu au port après un périple exténuant et dangereux.

L'examen attentif de la cheminée ne lui apprit rien, sinon que le cliché avait bien été pris à Black House. En revenant sur Sir Timothy, Higgins affina sa perception; en fait, il était courroucé. Sans doute n'avait-il pas accepté de bon cœur cette séance de pose. Son attitude corroborait les dires de Rose-Mary.

Enfin, Higgins s'intéressa au tableau, au-dessus de la cheminée; il s'aperçut alors qu'il ne s'agissait pas d'une toile mais d'une autre photographie encadrée avec le plus grand soin. Le sujet n'était pas indifférent : rien moins que la famille royale au grand complet, en habit d'apparat, mais une famille sensiblement différente de celle que les Britanniques vénéraient aujourd'hui.

— Malcolm... peux-tu venir un instant !

Le commissaire-priseur délaissa ses monnaies anciennes, utilisa la loupe à son tour et regarda plus précisément la petite fille que l'ex-inspecteur-chef lui désignait.

— La reconnais-tu ?

— Sans difficultés... c'est la future Élisabeth II.

Higgins soupira. Mac Cullough le considéra avec étonnement.

— Qu'est-ce que tu craignais ? C'est bien elle, sois tranquille ! Il n'y a pas eu substitution de personne.

— J'en suis moins sûr que toi, murmura Higgins, plongeant son ami dans un profond désarroi.

— La reine... ne serait-elle pas la reine ?

— De ce côté-là, tout va bien.

— Mais alors... de qui parles-tu ?

— D'un mystère, Malcolm. D'un mystère qui revient sur terre et dont je dois m'occuper.

CHAPITRE XXXI

Sous une pluie glacée et au cœur d'un brouillard dense, lesquels pour une fois, se conjuguaient, Marlow et Higgins se rencontrèrent près de la cabine téléphonique de Stanford. Tels des fantômes, les deux hommes, avec leurs imperméables trempés, sortirent de la masse blanche opaque où se dissolvaient les êtres et les choses.

Le superintendant éternua. Il détestait la campagne et celle-ci le lui rendait bien ; jamais il n'en revenait indemne, trop heureux de se réfugier dans son bureau du Yard où il se trouvait à l'abri du vent, des pollens, des herbes coupantes et autres dangers largement répandus dans les champs et les bois.

Higgins, en revanche, semblait en excellente forme ; son collègue nota la vivacité de l'œil qui traduisait une avancée fondamentale dans la progression de l'enquête.

— Une trouvaille de poids ?

— Une nécessité, mon cher Marlow : établir la liste de tous les déplacements à l'étranger de Sir Timothy.

— Depuis combien de temps?
— Depuis trente ans.
— C'est un travail colossal! Même l'ordinateur...
— Il sera probablement inutile; Sir Timothy a dû utiliser les services de l'agence Cook. Obtenez-moi un rendez-vous avec l'un des directeurs et je prendrai la suite avec toute la discrétion voulue.

*
**

Le lendemain, peu avant midi, Higgins s'assit en face de Balthazar Stevenson, directeur de la section « Europe du Nord » dans l'empire Cook; presque chauve, les joues ornées de favoris roux et abondants, le col glacé d'une parfaite blancheur et le costume sombre en harmonie avec le bois des îles des meubles de son bureau, l'austère personnage ne dissimula pas un vif mécontentement.

— Cette intervention, inspecteur, me paraît pour le moins déplacée. J'ai accepté de révéler à votre collègue que Sir Timothy était l'un de nos clients, ce qui honore notre prestigieuse maison; il m'est impossible, vous le comprendrez, d'aller plus loin sans trahir le secret professionnel.

— Ce point de vue vous honore, mais votre aide m'est tout à fait indispensable.

Balthazar Stevenson se leva.

— Je crains que cet entretien ne soit terminé.

— Rassurez-vous : il ne fait que commencer.

Le directeur fronça les sourcils; les poils de ses favoris se hérissèrent.

— Sachez que toute ingérence policière dans les affaires de l'agence Cook sera immédiatement dénoncée à la presse et sanctionnée par une plainte.

— Nous éviterons ces extrémités ; asseyez-vous et devisons tranquillement.

Le calme de Higgins était communicatif; Balthazar Stevenson enterra provisoirement la hache de guerre.

— Vous éveillez un peu ma curiosité, je l'avoue ; Sir Timothy étant décédé, quel type d'enquête menez-vous ?

— Une enquête si secrète que seuls de rares initiés en sont informés ; si vous êtes un homme d'honneur et de parole, je vous propose d'en faire partie.

Balthazar Stevenson, en dépit de sa longue expérience des voyages, n'avait jamais connu une situation aussi critique et aussi piquante ; son goût de l'exploration prit le dessus.

— J'accepte, inspecteur.

— En ce cas, nous garderons le secret de vos révélations et l'agence Cook ne sera pas mêlée à la terrible affaire de meurtre dont je m'occupe.

Balthazar Stevenson sursauta.

— Un meurtre ? Sir Timothy aurait-il été assassiné ?

— Trop tôt pour le dire. Il est certain que ses voyages ne semblent pas étrangers à sa fin tragique.

— En êtes-vous sûr ?

— Certain.

L'homme aux favoris avala sa salive.

— En ce cas, je dois coopérer.

Satisfait de sa décision, il se rassit.

— Que désirez-vous savoir, inspecteur ?

— Lord Timothy voyageait-il souvent ?

— Depuis trente ans, chaque année, au début de l'été, il se rendait en Suède. Nous lui organisions un circuit à travers le pays, pendant un mois.

— Toujours le même ?

— Toujours le même : villes, villages, hôtels... rien ne changeait. Pendant trente ans, Sir Timothy fut un client fidèle et... facile !

— Venait-il vous voir à son retour ?

— C'était son habitude, en effet ; s'il n'avait pas agi ainsi, j'aurais sollicité une entrevue afin de connaître son jugement sur nos services. Sachez qu'il n'a jamais émis la moindre plainte ; avec Cook, le client part en sécurité et revient de même.

— Le monde entier en est persuadé.

Le compliment fit rosir Balthazar Stevenson.

— A la suite de ses voyages, était-il gai ou triste ?

— Très triste, presque déprimé ; à mon avis, la Suède ne lui réussissait pas. Je lui ai proposé d'autres destinations, plus ensoleillées et plus exotiques... mais il refusait. La Suède, uniquement la Suède.

— Au retour de son dernier séjour, était-il aussi morose que d'habitude ?

— Non... son attitude m'a beaucoup étonné. Cette fois, il semblait gai, primesautier, presque heureux de vivre ! Une véritable métamorphose. J'eus aimé lui poser dix questions, l'interroger sur la cause de cette joie soudaine... mais ce n'était pas un homme que l'on pouvait aborder de la sorte.

— Vous n'avez donc recueilli aucune confidence.

— Hélas, aucune. Quand je lui ai demandé s'il

comptait retourner en Suède, il m'a répondu : « La Suède, c'est fini. La prochaine fois, nous envisagerons le Mexique, l'Égypte ou une île de rêve. » Malheureusement, il n'y a pas eu de prochaine fois; la mort a ôté Sir Timothy à l'affection de l'agence Cook.

— Rude épreuve, reconnut Higgins en se levant à son tour.

Balthazar Stevenson vint à ses côtés.

— Entre nous... un aristocrate de cette classe peut-il devenir un criminel?

— Aussi choquant que cela paraisse, ce n'est pas impossible.

Le directeur tortilla les poils de son favori droit.

— En ce cas, inspecteur, fiez-vous à mon expérience : si Sir Timothy est coupable, il ne peut s'agir que d'un crime passionnel.

CHAPITRE XXXII

Irina Smith se précipita vers Higgins dès qu'il entra dans le salon des ancêtres.

— Inspecteur, enfin ! Je vous attends depuis des heures !

— Des révélations ?

Elle s'agenouilla et rassembla ses mains en un geste de prière.

— Je vous supplie d'arrêter votre enquête et d'oublier cette jeune morte.

Higgins l'aida à se relever.

— Quelle est la véritable raison de cette démarche ?

L'affolement faisait vaciller les yeux noisette.

— J'ai peur, si peur... mon existence était paisible, à l'écoute des anges, en compagnie de Cary. Si vous continuez, vous découvrirez d'horribles choses sur lui, peut-être sur moi... j'aimerais tellement garder mon bonheur, même s'il vous semble insignifiant.

Higgins lui fit prendre place dans un fauteuil et réanima les braises.

— Chacun son bonheur, Irina ; je ne suis pas un

juge. Vous et moi avons pris un engagement vis-à-vis de cette jeune morte ; ne lui devons-nous pas la vérité ?

— Je redoutais ces paroles.

— Les reconnaissez-vous comme justes ?

— Au fond de mon cœur, je les espérais.

— Vous en connaissez les conséquences.

— Notre monde a grand besoin d'êtres comme vous, inspecteur : j'espère que vous n'êtes pas unique. Allez jusqu'au bout de la vérité ; elle vaut mieux que nous tous. Je vous ai apporté de l'*apple pie* et du pain de seigle.

Irina Smith s'enfuit ; elle ne voulait pas que Higgins la vît pleurer.

***

L'*apple pie* était moelleux à souhait ; alors que l'ex-inspecteur-chef se régalait d'une dernière bouchée, il perçut un détail insolite. Au pied de l'armure, dans la pénombre, se détachait un objet blanc. Il s'approcha et ramassa une enveloppe, sans timbre, portant la mention : « Pour l'inspecteur Higgins ». Il décacheta et lut un message des plus directs :

Abandonnez immédiatement cette affaire et laissez les morts en paix. Elle ne concerne plus Scotland Yard. Si vous vous obstinez, vous aboutirez à une catastrophe.

Pas de signature et des caractères d'imprimerie découpés dans le *Times* : une lettre anonyme de la meilleure eau, sinon d'une bonne inspiration car, pour Higgins, l'identité de son auteur ne faisait guère de doute. La situation évoluait de manière décisive ; au tableau, il ne manquait plus qu'un attentat direct contre sa propre personne. Higgins ne s'en inquiéta pas outre mesure ; d'une part parce qu'il ne redoutait pas la mort, cette « vieille et fidèle amie de l'homme », comme l'écrivait si justement Mozart, d'autre part parce qu'il y avait un nombre étendu de lâches dans cette affaire. Aucun d'entre eux n'aurait le courage de s'attaquer directement à leur plus redoutable adversaire ; chacun préférait la fuite et le mensonge, pressentant que l'ex-inspecteur-chef progressait en direction d'une vérité oubliée depuis tant d'années mais ressurgie sous la plus extraordinaire des formes.

Higgins se promena dans le parc désolé, peu avant la tombée de la nuit ; un rayon de soleil incongru perça les nuages bas et joua avec l'herbe qui parvenait mal à reverdir malgré l'abondance des pluies. Quand il distingua une silhouette qui se dirigeait vers l'entrée de Black House, l'ex-inspecteur-chef pensa un instant qu'il s'était trompé ; mais il identifia vite Scott Marlow.

Le superintendant était en proie à une vive agitation.

— J'ai devancé notre rendez-vous, expliqua-t-il, car les nouvelles sont très mauvaises. Maître Barrymore menace de porter plainte pour persécutions policières ; l'incident est parvenu aux oreilles de mes supérieurs. On me somme d'abandonner définitivement cette enquête, sous peine d'un blâme. Cette fois, Higgins, le Yard ne peut plus vous aider. A moins que vous n'exigiez...

— Au nom de notre amitié, mon cher Marlow,

je n'ai pas le droit de vous immoler sur cet autel. Obéissez aux ordres; je continuerai seul.

Très ému, le superintendant apprécia à son juste prix la belle attitude de son collègue.

— Vous-même devriez renoncer; on pourrait vous causer des ennuis. La Couronne est en train de gagner son procès, paraît-il. Lui mettre des bâtons dans les roues serait mal venu; la machine nous a broyés. Il faut admettre notre défaite, Higgins, d'autant que nous n'avons aucun coupable sérieux à présenter ni même un crime indiscutable.

— Et le corps de la jeune femme blonde?

— Vous savez bien qu'il s'agit d'une mort naturelle.

Pour la première fois depuis bien longtemps, le superintendant vit un Higgins battu. Il connaissait trop bien l'ex-inspecteur-chef pour ne pas déchiffrer ses réactions; d'ordinaire, son mutisme ne signifiait pas qu'il abandonnait la partie. Au contraire, il lui permettait de rassembler ses énergies et, avec le caractère obstiné que chacun lui connaissait, de suivre une piste avec davantage de conviction. Dans les circonstances présentes, Higgins avait le visage du renoncement.

— Mes rosiers m'attendent, dit-il; Trafalgar n'aime pas être seul. Dieu sait comment il est nourri en mon absence!

— C'est tout à fait raisonnable; désirez-vous que je vous raccompagne?

— Il me reste une dernière visite à faire : politesse exige. Je passe une dernière nuit à Black House et vous attends demain matin.

— Ne soyez pas déçu; il existe des murailles que l'on ne peut franchir.

En regardant le superintendant s'éloigner, Higgins songea à la maxime qui lui avait été enseignée en Orient : « Tes obstacles sont ceux que tu vois toi-même ; si tu les crois infranchissables, ils le sont. » L'ex-inspecteur-chef demeurait persuadé que la jeune femme blonde avait été assassinée ; la voir ainsi plongée dans le néant était insupportable. Certes, il disposait d'un certain nombre d'éléments qui, en temps normal, lui auraient permis de poursuivre son enquête ; mais ils lui paraissaient insuffisants pour forcer la porte hermétique qui venait de se fermer.

Mains croisées derrière le dos, fâché contre lui-même et contre le monde entier, Higgins marcha sous la pluie jusqu'au fond de la vallée encaissée où se décomposait lentement la misérable demeure de Rose-Mary, la dernière domestique de Black House. Puisque le livre se refermait, pourquoi n'en écrirait-elle pas la dernière page en livrant à son hôte les ultimes confidences qu'elle gardait encore par-devers elle ? Bien qu'elle n'eût pas menti, elle s'était montrée cachottière ; Higgins voulait au moins obtenir cette vérité-là pour la consigner dans son carnet noir qu'il rangerait dans la case « échecs ».

Il écarta des herbes folles et fit sonner la cloche afin de signaler sa présence puis poussa la porte vermoulue, bientôt rongée aux vers.

La très vieille dame n'était pas assise dans son fauteuil mais gisait sur le sol, le front ensanglanté.

CHAPITRE XXXIII

Quand Marlow, des policiers en tenue et les hommes de l'identité judiciaire pénétrèrent dans la masure, ils constatèrent qu'un grand désordre régnait dans le pauvre intérieur de Rose-Mary : meubles renversés, chaises paillées éventrées, cendres de la cuisinière répandues sur le carrelage. L'unique armoire avait été dévastée et son contenu éparpillé ; pas un vêtement qui ne fût déchiré. Près du corps martyrisé, des papiers de famille réduits en mille morceaux étaient dispersés sur le sol.

— Est-ce bien un meurtre ? demanda Higgins.

— Mais... c'est évident ! répondit Marlow, étonné.

— Faites-vous charger de cette affaire, superintendant ; je serai à vos côtés. L'assassinat de cette vieille femme me déchire le cœur. J'ai commis une grave erreur en ne vous demandant pas de la protéger.

— Pourquoi a-t-elle été tuée ?

Higgins ne répondit pas. Il montra à Marlow un curieux objet ensanglanté que les spécialistes de l'identité judiciaire prirent en photo.

— Qu'est-ce que ça peut bien être... on croirait le sabot d'un animal !

— C'est bien mon avis ; reste à déterminer l'animal.

Le superintendant osa regarder le cadavre bien que la vue du sang l'incommodât ; Rose-Mary avait été violemment frappée à la tempe et s'était effondrée sur le côté. Ses yeux encore ouverts exprimaient une frayeur intense.

Scott Marlow serra les poings.

— C'est abominable... qui a été assez lâche pour tuer cette pauvre vieille ?

— Ou assez fou, compléta Higgins, très pâle. C'est ma faute, superintendant ; je me suis montré négligent.

— Le responsable de cette négligence, c'est moi ; si j'avais continué l'enquête à vos côtés...

— Merci, mon cher Marlow, mais regrets et remords ne serviront à rien ; cet assassin, croyez-moi, ne nous échappera pas.

— Nous aurons les résultats du laboratoire dès ce soir.

*
**

Les douze coups de minuit venaient de sonner à Big Ben quand le rapport fut déposé sur le bureau du superintendant qui avala son dixième café ; Higgins, assis en face de lui, consultait ses notes pour la septième fois.

— Ce n'est pas trop tôt... vous voulez lire le premier, Higgins ?

— Je vous en prie.

Marlow déchiffra à haute voix les conclusions du légiste et celles des experts.

— Elle a été frappée une seule fois, très violemment, avec un objet dont l'identification est certaine : un sabot de renne sculpté.

— Origine suédoise ?

— Ce n'est pas indiqué.

— Vous pouvez tenir le fait pour certain ; Ingrid était suédoise.

— Ingrid...

— La fiancée de Sir Timothy, morte il y a si longtemps...

Le superintendant crut avoir mal entendu.

— Ah non, Higgins ! Ne faites pas intervenir un spectre ou un fantôme !

— Je l'éviterais volontiers, mais comment nier la réalité ?

Excédé, Marlow se plongea dans la suite du rapport.

— Rose-Mary est morte sur le coup ; elle n'a pas souffert. D'après l'angle d'attaque, la nature de la blessure, la position du corps et la forme de l'objet, il est certain que le coup a été porté par un gaucher, j'espère que cette précision élimine au moins votre Ingrid !

— Justement pas, la voici au contraire au premier plan.

— Ça n'a aucun sens ! Vous n'osez quand même pas affirmer qu'elle est revenue d'outre-tombe pour assassiner sauvagement une vieille femme.

Higgins garda un air méditatif.

— Sans les bons services de l'agence Cook, et l'invention de la photographie, je l'aurais peut-être cru.

Marlow poussa un soupir de soulagement.

— A-t-on trouvé des empreintes?

— Uniquement celles de la victime, répondit le superintendant. En annexe, on signale que l'assassin devait être en fureur; il s'est acharné à détruire tout ce qu'il a découvert dans la maison. Du vandalisme pur.

— Je ne crois pas.

— A quoi songez-vous?

— A quelqu'un qui cherchait quelque chose d'essentiel pour sa sauvegarde.

— L'aurait-il trouvé?

— Je l'ignore et c'est peu important.

— Vous voulez dire que le mobile du crime n'a aucun intérêt.

— Je veux simplement dire que je le connais et que le vol fut inutile.

— Mais alors... vous connaissez aussi l'assassin!

— Ce n'est pas si simple.

— Entendons-nous, Higgins : ou vous connaissez son nom, ou vous l'ignorez! Dans cette affaire, nous ne pouvons plus continuer à avancer dans le brouillard.

Au-dehors, un *smog* de moyenne épaisseur, où se mêlaient fumée d'usines, émanations de véhicules et humidité de l'atmosphère, commençait à envahir les rues de Londres.

— Pour être franc, mon cher Marlow, je possède des bribes de vérité qui m'orientent peut-être vers une erreur colossale à laquelle je ne voudrais pas vous associer. S'il n'y avait pas les corgies de la reine, nous pourrions aller de l'avant, mais là...

Scott Marlow resserra son nœud de cravate; il n'avait jamais trouvé de chemise de confection au col seyant.

— Autrement dit, vous reliez le meurtre de cette vieille dame au cadavre de la jeune blonde.

— Je le crains.

— Si je provoque une reconstitution, êtes-vous certain de lever le voile sans provoquer de scandale ?

— Vous mentir m'est impossible.

Le superintendant réfléchit ; la décision lui appartenait. Higgins n'exerçait aucune pression sur lui et ne lui imposait aucune ligne de conduite, sachant que Marlow jouait sa tête. Ce dernier était trop bouleversé par la mort de la vieille servante pour renoncer une seconde fois à se mettre en quête de la lumière, si faible fût-elle.

— Je ne suis pas un lâche, Higgins.

— Je le sais.

— Ça ne me suffit pas et je vais vous le prouver : demain soir, à la nuit tombée, convocation de tous les témoins et tentative de reconstitution à Black House.

CHAPITRE XXXIV

Higgins attendit ses hôtes devant la porte d'entrée de Black House, aux côtés du superintendant Marlow, la mine sombre et le front bas. Irina Smith et Cary Rodson arrivèrent les premiers, elle vêtue d'un corsage rouge et d'une jupe blanche, lui d'un costume noir. La voyante salua chaleureusement les policiers, son compagnon se contenta d'un signe de tête. Les suivirent, une dizaine de minutes plus tard, Robin et Amanda Warrant. Robin, dans son costume gris trois-pièces rehaussé d'une énorme épingle de cravate rouge, apostropha aussitôt le superintendant.

— J'exige des explications.

— Vous les aurez bientôt, répondit Higgins, affable.

— J'espère que cette désagréable entrevue sera brève, déclara sèchement Amanda, couverte de bijoux en argent et légèrement vêtue d'une blouse en soie et d'un pantalon en lin.

— Moi de même, chère madame, mais tout dépendra de la bonne volonté des participants.

La conversation fut interrompue par l'arrivée

tonitruante de maître Barrymore qui se rua hors de sa voiture, l'index pointé vers Scott Marlow.

— Je vous avais prévenu, superintendant ! Cette fois, vous...

— Cette fois, vous êtes témoin dans une affaire de meurtre, c'est pourquoi vous devriez baisser le ton.

Interloqué, le notaire découvrit la présence de Higgins.

— De quoi s'agit-il ?

— Entrez donc, cher maître. Pour discuter, nous serons mieux à l'intérieur.

Un costume de velours épais rendait le personnage plus lourdaud qu'à l'ordinaire ; il bouscula les deux adeptes de Swedenborg et poussa la porte de Black House.

— Eh bien, allons-y !

Higgins, plus urbain, invita les deux femmes à le précéder ; puis il guida tout ce monde jusqu'au salon des ancêtres. Sur la partie haute de la cheminée, il avait accroché la photographie trouvée dans la chambre noire ; devant le foyer étaient posés la paire de pieds tournants, le chapeau et la coupe remplie de vin.

Quand tous les témoins eurent franchi le seuil de la pièce, la flamme sembla s'éteindre ; Irina Smith poussa un cri d'effroi. Higgins, capable de se déplacer dans le noir, s'approcha de l'âtre et, à l'aide d'un tisonnier, poussa une grosse bûche en mal de chaleur. Une flamme haute et claire jaillit.

— Asseyez-vous, je vous en prie.

Scott Marlow s'adossa au bureau, de manière à tenir l'ensemble des personnes en ligne de mire et de pouvoir interrompre toute tentative de fuite; maître Barrymore choisit le fauteuil le plus confortable, face à Robin Warrant; Amanda Warrant, dos à la cheminée, prit place entre eux deux. Irina Smith et Cary Rodson préférèrent se mettre à l'écart, en choisissant la banquette près de l'armure.

Higgins consulta ses notes tout en faisant les cent pas devant la cheminée; plongé dans ses réflexions, il ne s'intéressait à personne.

Maître Barrymore protesta.

— De qui se moque-t-on? Si l'on porte une accusation contre moi, qu'on le dise!

L'ex-inspecteur-chef s'arrêta.

— « Sur notre terre, disait Swedenborg, la lumière spirituelle qui éclaire tout homme venant en ce monde est changée en folie pour le libre arbitre humain »; voilà bien le problème auquel nous sommes confrontés. Une très vieille dame a été assassinée avec une incroyable brutalité; à nous d'en trouver la raison.

— Pardon de vous interrompre, dit Robin Warrant, crispé, mais pourriez-vous nous préciser l'identité de la victime?

— Rose-Mary, la dernière servante de Sir Timothy.

— Je la croyais morte depuis longtemps.

— A quatre-vingt-douze ans, elle ne comptait pas quitter si vite notre monde.

— Qui fut assez lâche pour frapper cette personne sans défense?

Scott Marlow s'approcha près du gentleman-farmer.

— Comment savez-vous qu'elle a été frappée ?

Robin Warrant rougit et se cala dans son fauteuil.

— Je ne sais rien... J'ai dit cela au hasard.

— Vous feriez mieux d'avouer.

— Ça suffit ! intervint Amanda Warrant. Cessez de persécuter mon mari ; si vous détenez une preuve contre lui, produisez-la ! Sinon, taisez-vous.

Le superintendant battit en retraite ; afin de lui éviter de perdre la face, Higgins prit aussitôt le relais.

— Il est hors de doute que cet acte méprisable est lié au passé de Sir Timothy et doit être apprécié comme la conséquence d'un autre crime.

— Balivernes, commenta maître Barrymore. Vous vous servez d'un médiocre fait divers pour importuner d'honnêtes gens.

Irina Smith se leva, indignée.

— Comment osez-vous parler ainsi du décès tragique d'une innocente ?

— Rassieds-toi, chérie, ordonna Rodson. Cette affaire ne nous concerne pas.

Higgins relut le début de ses notes.

— Chacun sait que le superintendant Marlow a reçu un testament posthume de la main de Sir Timothy ; les spécialistes affirment l'authenticité de ce document qui annule les dispositions précédentes, déshérite les corgies de Sa Majesté et offre une fortune à M. et Mme Warrant.

— Pas sans des conditions draconiennes, observa l'épouse du gentleman-farmer ; nous serons obligés d'habiter dans cette immense demeure ! Il suffit de la regarder pour chiffrer le nettoyage et les réparations... Qui s'en réjouirait ?

— Vous et votre mari, madame : Black House ne contient-elle pas d'incalculables richesses ?

Refusant de répondre, elle fit tourner le bracelet d'argent qui ornait son poignet gauche.

— Un héritage comme ça, apprécia le notaire, ça ne m'aurait pas déplu ; il y a vraiment des veinards ! Enfin, il paraît qu'il faut prendre la vie comme elle vient et ne pas envier la fortune d'autrui.

Scott Marlow aurait volontiers assommé ce grossier personnage, mais Higgins, indifférent, poursuivit.

— Qui avait envoyé ce dernier testament au Yard ? Voilà la première énigme qu'il fallait résoudre. Heureusement, je disposais d'indices sérieux, notamment d'un cheveu gris ; il me restait à établir une liste de suspects. J'ai pensé à vous, madame Warrant.

— Moi ? sursauta-t-elle. Vous vous moquez !

— Sous votre teinture pouvait se cacher une couleur significative ; une simple vérification a écarté mon hypothèse.

Furieuse, elle haussa les épaules.

Higgins se dirigea vers maître Barrymore.

— Vous avez les tempes grises, constata-t-il.

— Peut-être... et alors ?

— Vous auriez pu envoyez ce courrier au Yard... mais avec quelle intention ?

— Ah... vous admettez votre ineptie !

— En réalité, je possédais une meilleure suspecte : Rose-Mary ; elle avait d'ailleurs commis deux petites erreurs qui me permirent de l'identifier avec certitude, mettant également hors de cause la barbe de M. Rodson.

— Pourquoi a-t-elle agi ainsi? demanda Irina Smith.

— Par obéissance à Sir Timothy, le maître qu'elle n'avait jamais cessé de servir, répondit Higgins en tournant une page de son carnet.

L'ex-inspecteur-chef se plaça derrière le fauteuil occupé par Robin Warrant; le gentleman-farmer décroisa les jambes et les recroisa aussitôt.

— Rose-Mary m'a rendu un grand service, rappela Higgins; elle a identifié les personnages qui se trouvent sur cette photo.

Higgins, à l'aide d'une bougie, éclaira le document accroché à la partie supérieure de la cheminée; tous les regards convergèrent vers lui.

— Reconnaissez-vous ce couple, monsicur Warrant?

— Euh... oui, bien sûr... je veux dire qu'il s'agit de Sir Timothy.

— Et la jeune femme?

— Ma mémoire me fait défaut.

— Mais non, monsieur Warrant, puisque c'est vous qui avez pris cette photographie.

CHAPITRE XXXV

Robin Warrant se leva et marcha vers la cheminée. Levant son bras droit, il tenta d'arracher la photo ; Scott Marlow, rapide, lui saisit le poignet.

— Allez immédiatement vous rasseoir, ordonna le superintendant, ou je vous passe les menottes.

Amanda Warrant sépara les deux hommes, agrippa son mari et le contraignit à obéir.

— Pourquoi cette réaction ? demanda Higgins avec bonhomie.

— Parce que... parce que je ne veux pas être calomnié !

— Calomnie ? Mot bien excessif, monsieur Warrant. Rose-Mary m'a simplement appris que, voilà une trentaine d'années, vous résidiez à Black House et vous vous adonniez aux joies de la photo. Non content d'effectuer vous-même les prises de vue, vous en réalisiez aussi le développement. Bien entendu, une chambre noire vous était indispensable ; une chambre noire que vous avez installée à l'intérieur même de Black House.

Robin Warrant décroisa les jambes et tira sur son épingle de cravate rouge.

— Défends-toi, recommanda son épouse. Si tu laisses cet inspecteur insinuer n'importe quoi, Dieu sait où cela finira.

— Vous avez eu tort de m'adresser une lettre anonyme, poursuivit Higgins avec calme, afin de m'impressionner et de me contraindre à interrompre mon enquête. Vous vous êtes affolé, monsieur Warrant ; tout ce qui touche à cette chambre noire vous concerne directement ; vous espériez que l'oubli aurait recouvert votre passé.

— Je...

Le gentleman-farmer recroisa les jambes ; ses pommettes saillantes viraient au rouge vif, ses lèvres se contractaient au point de devenir minces comme une lame de couteau. Il cherchait des mots, des arguments, tentait de protester mais resta muet.

— Sir Timothy détestait les photographies ; de lui, on ne connaît que ce portrait. Quand vous l'avez pris, il a dû entrer dans une violente colère.

— C'est vrai, admit Robin Warrant, la tête basse. Mais ça amusait sa fiancée... alors, il a consenti pour la première et dernière fois.

— Fixer un instant de bonheur, commenta Higgins pour lui-même, en ignorant qu'il serait à l'origine d'un crime...

— Ces histoires ne me concernent pas, estima maître Barrymore. Je peux m'en aller ?

Le regard de Scott Marlow le dissuada de mettre son projet à exécution.

— Je m'interroge sur un point, continua l'ex-inspecteur-chef : pourquoi avez-vous conservé cette photographie ?

Robin Warrant s'insurgea.

— Mais... c'est faux ! Elle n'a jamais quitté les papiers personnels de Sir Timothy !

— Bien sûr que si, puisque vous l'avez placée vous-même dans la chambre noire, près du cadavre de la jeune morte, afin de brouiller les pistes.

— Je vous jure que non ! Je n'ai jamais remis les pieds à Black House après...

Le gentleman-farmer se figea, la bouche ouverte.

— Après quoi, monsieur Warrant ?

Amanda vola au secours de son mari.

— Est-ce un crime d'avoir pris ce cliché ? Personne ne soutiendra cette idée, je pense ! Voilà beaucoup de bruit pour rien. De quelle manière la photo est-elle liée à l'assassinat de cette domestique ?

— Nous y venons, chère madame.

Higgins commença à déambuler, passant et repassant devant la cheminée. Du coin de l'œil, il constata que la voyante et son compagnon se tenaient par la main.

— Voilà trente ans environ, rappela-t-il, l'austère Timothy Robbins ramena de Suède une très belle jeune fille prénommée Ingrid. Son charme, sa douceur, sa fraîcheur séduisirent immédiatement l'entourage de l'aristocrate, y compris sa domestique la plus revêche et la plus autoritaire, Rose-Mary. Elle prit même Ingrid en affection et l'aida à devenir une véritable Anglaise, condition indispensable pour devenir l'épouse de Sir Timothy. Ce furent des moments joyeux, l'époque la plus gaie de Black House où retentirent les rires d'une Suédoise découvrant les règles d'un nouveau monde. Vous en souvenez-vous, monsieur Warrant ?

— C'est très lointain... Sir Timothy était très réservé, sa fiancée aussi. Je crains que vous n'ayez une vision idyllique de la situation.

— Tout était prêt pour le mariage, reprit l'ex-inspecteur-chef; sans aucun doute, Ingrid serait une excellente épouse. Les essayages de la somptueuse robe de mariée, digne des fastes d'antan, se révélaient satisfaisants... et puis le malheur est venu briser la plus rayonnante destinée. Ingrid est morte. Morte empoisonnée. Vous en souvenez-vous, monsieur Warrant?

— On a parlé de dépression... Ingrid donnait l'impression de s'habituer à sa nouvelle existence, mais ce n'était sans doute qu'un masque.

— Voilà qui est intéressant; pourriez-vous nous préciser votre pensée?

Robin Warrant sembla plus à l'aise; il décroisa les jambes et parla d'une voix plus assurée.

— Sir Timothy était un homme exigeant et rude; pour lui, la vertu de l'étiquette prédominait. Imaginez une jeune fille fantasque, s'exprimant mal dans notre langue, désireuse de bouger, de s'amuser... Black House lui offrait un cadre rébarbatif. Assez vite, elle a dû comprendre son erreur, mais il était trop tard; son fiancé ne lui a pas permis de regagner la Suède. Acculée, elle a décidé de mettre fin à ses jours.

— Vous trouviez-vous à Black House lors du drame?

— Non. Je l'avais quittée une quinzaine de jours auparavant.

— Sir Timothy vous a-t-il prévenu?

— Non... j'ai appris l'horrible nouvelle par le *Times*.

— Et vous lui avez présenté aussitôt vos condoléances.

— C'était mon souhait le plus cher, mais il ne daignait répondre à personne et n'a plus quitté sa prison solitaire à partir de la disparition d'Ingrid.

— Le cadavre a bien été retrouvé dans *votre* chambre noire ?

— Certaines publications à scandale l'ont prétendu ; le public est toujours avide de sensationnel. Quoi qu'il en fût, cela ne changeait rien au destin de la pauvre petite.

Higgins contourna les sièges d'Amanda Warrant et de maître Barrymore pour venir se placer en face du gentleman-farmer.

— Vous êtes un fieffé menteur, monsieur Warrant.

CHAPITRE XXXVI

— C'est scandaleux ! s'emporta Amanda Warrant, choquée. Mon mari a la bonté de témoigner et vous l'insultez sans raison !

Higgins se tourna vers Barrymore.

— Sir Timothy était si passionnément épris d'Ingrid qu'il s'isola du monde extérieur ; que pensez-vous de cette attitude, maître ?

Le *solicitor*, surpris, se gratta le nez.

— Moi... euh, rien. Rien du tout.

— Vous voilà soudain bien timide.

— Timide ? Non... mais cette histoire ne me concerne pas.

— Votre mémoire est bien défaillante, déplora Higgins. Quels sont vos moyens exacts de revenus ?

— C'est une affaire très personnelle et je ne vous permets pas...

— Allons, maître, M. Robin Warrant est parfaitement au courant.

Le gentleman-farmer et le notaire se regardèrent en chiens de faïence.

— Vous êtes un cas exceptionnel, maître Barrymore. Parvenir, si tôt, à se retirer de la vie active en bénéficiant d'une rente privée, suscite une certaine admiration.

— N'insistez pas sur ce point, recommanda Cary Rodson, puisque vous connaissez la vérité.

— Seulement l'apparence de la vérité, rectifia Higgins : le remboursement d'un ancien prêt et les exigences financières de votre maîtresse.

Amanda Warrant, telle une tigresse, bondit.

— Qu'est-ce que vous dites ?

Scott Marlow, afin de protéger son collègue, dressa un rempart de son corps.

— Calmez-vous, madame Warrant ; sur ces deux points, je peux laver votre mari de tout soupçon.

Soulagé, le superintendant vit retomber l'ire du fauve ; quêtant une explication, Amanda Warrant fixa Higgins avec une attention passionnée.

— La situation financière des Warrant, indiqua-t-il, est tout à fait dramatique ; les rentrées d'argent ne sont pas négligeables mais les sorties les excèdent. Afin de clarifier les causes de cette situation, M. Warrant a eu recours, une fois encore, au mensonge. Ce prêt n'a jamais existé et vous seriez bien incapable de m'en fournir la moindre preuve ; quant à la maîtresse dispendieuse, ses charmes sont d'un genre assez particulier puisqu'il s'agit de vous, maître Barrymore. Sauf votre respect, vous ne ressemblez guère à une charmante lady éprise de frous-frous.

— Bah, rétorqua le notaire, suffisant. Qu'est-ce que vous en concluez ?

Marlow s'attendait à ce que Higgins prononçât enfin le terme de « chantage » et ôtât le couvercle de la marmite ; mais l'ex-inspecteur-chef, fidèle à une stratégie bien précise de joueur d'échecs, se dirigea vers les deux adeptes de Swedenborg, si discrets et si silencieux.

— Qui êtes-vous réellement, monsieur Rodson ?

Affolée, Irina Smith ferma les yeux. Lui répondit d'une voix vigoureuse :

— Tout le monde le sait : le gérant de la Swedenborg Society.

— Qui se cache derrière ce personnage officiel ?

— Mais.... personne ! Mon existence...

— Un ancien prêtre catholique s'adonne-t-il sans remords au mensonge ?

— Vous... vous le saviez ?

Irina serra davantage les mains de son compagnon.

— Tu n'as rien à te reprocher, Cary.

— Pourquoi avez-vous renoncé à votre vocation ?

— La foi m'a quitté.

— A cause d'une femme ?

— Oui, inspecteur, répondit la voyante. Dieu n'a pas voulu que l'homme soit seul ; Cary a été honnête avec lui-même et il ne m'a rien caché. Lui jetteriez-vous la pierre ?

Higgins consulta ses notes ; le coup prochain serait décisif.

— Ingrid présentait une curieuse particularité, pour une Suédoise : elle avait adopté la religion catholique.

Cette simple nouvelle répandit un trouble profond : maître Barrymore fut pris d'une quinte de toux, Robin Warrant tritura son épingle de cravate avec une nervosité accrue, Cary Rodson se dégagea brutalement de la douce étreinte d'Irina Smith.

— Ce petit détail m'a permis de comprendre beaucoup de faits bizarres, poursuivit Higgins, et d'élucider les circonstances de la mort d'Ingrid.

Un silence total régna dans le salon des ancêtres ; chacun comprit que les déclarations de Higgins seraient déterminantes. Scott Marlow espéra que le ou les coupables, incapables de supporter une telle tension, se dénonceraient. Rien de tel ne se produisant, l'ex-inspecteur-chef alla de l'avant.

— Une catholique pratiquante respecte certains rites qu'elle juge essentiels, à commencer par le mariage.

— Belle découverte, ironisa maître Barrymore.

— Si celui-ci n'a pas eu lieu, si Ingrid n'a pas voulu consacrer son union par les liens sacrés d'un mariage qu'elle désirait, c'est qu'elle avait commis une faute très grave.

Robin Warrant, écarlate, retenait son souffle.

— Une faute si grave qu'elle l'empêchait d'accéder à un bonheur sans pareil.

Higgins s'interrompit et regarda les trois hommes et les deux femmes qui, de près ou de loin, étaient mêlés à un drame abominable ; il eût souhaité que des murailles s'écroulassent et que la vérité apparût d'elle-même ; comme chacun s'obstinait à garder le silence, il dut progresser sur un sentier bien épineux.

— Si une bonne catholique estime avoir commis un péché devant entraîner son suicide, elle ne pouvait se donner la mort sans s'être au moins confessée ; par son acte regrettable, elle risquait déjà la damnation éternelle. Sans confession, aucune chance de rédemption.

— Votre cours de théologie n'intéresse personne, remarqua maître Barrymore, acide.

— Pas même vous, monsieur Rodson?

Le disciple de Swedenborg repoussa Irina et se leva.

— Je ne me sens pas bien... je voudrais sortir.

Scott Marlow lui barra le passage.

— Il n'en est pas question; parlez d'abord. Ensuite, nous verrons.

La fureur empourpra le visage de Cary Rodson.

— Parler, parler... je ne peux pas!

— A cause du secret de la confession, indiqua Higgins.

CHAPITRE XXXVII

Brutalement calmé, le disciple de Swedenborg baissa la tête ; Irina Smith le prit par la main et le ramena au canapé, près de l'armure.

— Qu'insinuez-vous encore, inspecteur ? s'enquit Amanda Warrant.

— Une bien sinistre histoire, chère madame. Lorsque M. Rodson remplissait sa fonction de prêtre catholique, il habitait probablement non loin de Black House ; une rapide enquête permettrait de le vérifier. Le nierez-vous, monsieur Rodson ?

L'interpellé hocha la tête négativement.

— C'est à vous que la malheureuse Ingrid s'est confessée, n'est-il pas vrai ?

Cary Rodson acquiesça.

— Je ne peux malheureusement compter sur vous pour me donner la teneur de ses révélations.

— Ce serait trahir Dieu.

— Ne l'avez-vous pas trahi en faisant chanter Robin Warrant ?

— Comment...

— Puisque vous connaissiez la vérité, vous n'avez pas résisté à l'utiliser comme valeur marchande ; discrètement, sans doute, en exigeant des sommes moins considérables que maître Barrymore mais avec la même régularité que lui. Ce n'est pas la vente des œuvres de Swedenborg qui vous permet de vivre sans difficultés matérielles en compagnie d'Irina mais cette méprisable rente.

Cary Rodson s'effondra en pleurs ; Higgins lui laissa reprendre son souffle.

— Je n'aurais pas dû, gémit-il, je n'aurais pas dû... cette félonie me ronge l'âme depuis tant d'années ! Je vous jure qu'Irina n'en a jamais rien su ! C'est pour elle, uniquement pour elle, que je me suis vautré dans cette fange... le monde matériel m'épouvante, inspecteur, je ne sais pas m'y débrouiller... avec de petites sommes, régulières, l'angoisse s'éloignait. Ce crime, ce n'est quand même pas moi qui l'ai commis !

— Confession émouvante, mais incomplète : n'auriez-vous pas modifié récemment vos tarifs ?

L'ancicn prêtre évita le regard de Higgins.

— Je... je ne comprends pas.

— Mais si, monsieur Rodson. En apprenant que Robin Warrant héritait, vous avez flairé l'excellente affaire ; encore fallait-il savoir si le domaine de Black House offrait un réel intérêt. Vous avez conditionné Irina de manière à l'envoyer en mission et à pouvoir l'interroger ensuite sur ce qu'elle aurait vu. Vous n'avez certes pas été déçu sur ses descriptions... possesseur de tant de richesses, votre « client » vous offrait un magnifique avenir.

Irina, très pâle, se leva et considéra son compagnon avec une touchante gravité.

— Jure-moi que l'inspecteur se trompe et que tu ne m'as pas utilisée comme un objet.

— Irina !

— Jure-le-moi sur le Christ.

Cary Rodson éclata à nouveau en sanglots et se tassa sur lui-même. La voyante sembla vieillie de plusieurs années ; très lentement, elle se rassit. D'un regard, elle fit comprendre à l'ex-inspecteur-chef qu'elle ne lui reprochait rien.

Higgins vint se placer tout près du fauteuil de maître Barrymore.

— Et vous, maître, aurez-vous le courage de dire cette vérité devant laquelle tout le monde fuit ?

— Débrouillez-vous. Je ne sais rien.

— N'étiez-vous pas le *solicitor* de Sir Timothy, l'homme de loi qui tentait de se rendre indispensable et rôdait sans cesse dans les parages ?

— Imaginez ce que vous voudrez.

— C'est pourquoi vous avez été témoin du crime, c'est pourquoi vous êtes devenu maître chanteur.

— De quel crime parlez-vous sans cesse ? intervint Amanda Warrant, excédée.

Higgins délaissa le notaire et fit face à l'épouse du gentleman-farmer.

— Êtes-vous prête à tout entendre, madame ?

Soudain crispée, elle essuya ses verres de lunettes qu'elle chaussa nerveusement.

— Je le suis, inspecteur.

— En êtes-vous certaine ?

Elle faillit renoncer mais persévéra dans son attitude ; relevant le menton et faisant tinter ses bracelets en argent, elle manifesta la superbe d'une aventurière indifférente aux événements.

— Parlez.

— La chambre noire est la clé de l'énigme, expliqua Higgins. Lorsque le jeune Robin Warrant a photographié la jeune et jolie Ingrid, il l'a trouvée très séduisante ; un peu trop, au goût de Sir Timothy. Sir Timothy, austère, rude, autoritaire ; Robin, agréable, attachant, rieur... Ingrid, bien qu'elle fût très engagée vis-à-vis de son futur mari, se montra sensible au charme du jeune homme. Sa naïveté l'entraîna à jouer avec le feu et à croire que les avances de Robin n'étaient que fantaisies sans conséquences.

Robin Warrant se boucha les oreilles.

— Proteste, chéri ! exigea son épouse. Ne te laisse pas accuser de la sorte !

Le gentleman-farmer resta muet.

— Robin, à force d'assiduités, parvint à entraîner Ingrid dans la chambre noire ; elle commit l'erreur fatale d'accepter cette invitation-là.

— Non, hurla Robin Warrant, non ! Taisez-vous, je vous en supplie !

Bouleversée par le désarroi de son mari, Amanda Warrant essaya de le prendre dans ses bras ; jamais elle ne l'avait vu dans un pareil état. Il la repoussa avec sécheresse ; dépitée, elle éloigna son fauteuil comme pour s'écarter d'une flamme trop brûlante.

La voix de Higgins, à la fois posée et impitoyable, narra la suite du drame.

— Robin parla d'abord à Ingrid de photographie ; puis il fit des propositions plus pressantes. Comprenant enfin dans quel piège elle était tombée, elle tenta d'échapper au séducteur. Celui-ci ne la laissa pas s'enfuir et, au contraire, la violenta. Humiliée, elle se reprocha sa faiblesse et se convainquit qu'elle ne pourrait plus devenir l'épouse de Sir Timothy, ni reparaître devant lui après s'être souillée dans cette boue. Pendant que Robin, honteux, quittait précipitamment Black House, Ingrid cherchait un prêtre pour confesser sa faute et se libérer de ce poids insupportable. Ensuite, il ne lui restait plus qu'à s'empoisonner et à mourir dans cette chambre noire où elle avait tout perdu.

— Ce n'est pas possible, murmura Amanda Warrant. Vous devez vous tromper, inspecteur... Proteste, Robin, je t'en supplie.

Le gentleman-farmer se confina dans son mutisme.

— Un homme pourra vous confirmer mes dires, ajouta Higgins : votre principal maître chanteur, maître Barrymore, qui vit les deux jeunes gens sortir de la chambre noire et sut tirer parti de la situation quand Robin se maria et s'établit.

— Pures conjectures, jugea le *solicitor* ; Ingrid s'est suicidée, le dossier est refermé.

CHAPITRE XXXVIII

Parfois, Scott Marlow regrettait le carcan moral dans lequel l'enfermait sa position de superintendant ; comme il eût aimé quitter le Yard quelques instants et fracasser le crâne de cet abominable personnage qui échapperait probablement à la justice !

— Je porte plainte contre maître Barrymore, déclara Amanda Warrant, hautaine. Motifs : chantage, extorsion de fonds et torture psychique.

Le *solicitor* s'emporta.

— Ça ne va pas, petite lady ? Vos nerfs lâchent, on dirait.

Scott Marlow, sortant son carnet bistre réglementaire, s'empressa de noter les termes de la plainte.

— Je me sens soulagée, au contraire. Personne ne peut rien prouver contre mon mari ; en ce qui vous concerne, ce n'est pas le cas.

— Oh là, oh là ! Moi, je ne me laisse pas faire comme ça ! Votre mari, je l'ai vu sortir de la chambre noire, la chemise ouverte, les cheveux en bataille. Il a couru comme un fou et dévalé l'escalier au risque de se rompre le cou. Vous imaginez mon étonnement, moi qui venais le démarcher comme client, puisque Sir Timothy était trop avare pour m'augmenter; il m'avait dit que je trouverais Robin Warrant dans la chambre noire où il s'enfermait des heures durant. Aussitôt, j'ai flairé la bonne affaire! Et voilà que dix minutes plus tard, la jeune blonde, dépoitraillée, la robe déchirée, est, elle aussi, sortie de cet endroit béni... elle ne m'a pas vu, mais j'ai tout de suite compris ce qui s'était passé. Ce n'est pas un témoignage, ça?

— Calomnie et mensonge, jugea Amanda Warrant. Au tribunal, mon mari niera et vous serez condamné.

Scott Marlow jubilait. Si les Warrant tenaient bon, le notaire finirait en prison.

— Mais c'est une preuve, ça! Une vraie preuve!

— Calomnie, répéta la femme du gentleman-farmer, d'autant plus qu'il n'y a pas eu crime. Mon mari a même essayé de réconforter cette pauvre petite Ingrid, désespérée à l'idée d'épouser un vieux barbon. N'est-ce pas la vérité, Robin?

Robin Warrant leva des yeux mouillés vers son épouse et hocha affirmativement la tête. Triomphante, Amanda jeta un regard dédaigneux au *solicitor* affolé.

— J'ai fait votre travail, messieurs du Yard; vous pouvez mettre ce gredin aux fers. J'espère qu'on le pendra.

— Auparavant, remarqua Higgins, il nous reste quelques détails à examiner.

L'ex-inspecteur-chef s'adressa à Irina Smith, à la fois digne et prostrée.

— J'ai longuement réfléchi sur votre cas, mademoiselle ; en confirmant la teneur du dernier testament que vous ne pouviez pas connaître, à moins d'être liée avec les Warrant, vous vous êtes révélée une authentique voyante.

— Je ne suis liée qu'avec les anges, inspecteur. Ma seule intrusion dans le monde des hommes m'a dissuadée de recommencer.

Amanda Warrant haussa les épaules.

— Nous perdons du temps avec cette pauvre folle alors que le vrai coupable a été identifié.

Irina Smith ne protesta pas.

— Mlle Smith, rappela Higgins, fut tout de même victime d'une tentative d'assassinat perpétrée par Cary Rodson, lequel redoutait des voyances un peu trop précises sur son passé.

Elle le regarda sans haine.

— Je ne témoignerai pas contre lui ; même si son âme est mauvaise, il m'a quand même donné des moments de bonheur. Ils nous appartiennent, à lui et à moi, et ils ne nous seront pas volés.

— Comme il vous plaira, admit Higgins. M. Rodson s'arrangera avec sa conscience ; je doute qu'elle soit aussi indulgente que vous.

Higgins eut l'impression que les cheveux de l'ancien prêtre blanchissaient ; voûté, le regard abaissé vers le plancher, il gardait les mains jointes, comme en prière.

— Revenons au meurtre de Rose-Mary, proposa Higgins. Elle vénérait Sir Timothy et se prit donc d'affection pour Ingrid ; quand l'assassin sut que cette très vieille domestique était encore vivante, il apprécia les risques que lui fallait courir cette trop longue existence. Que savait exactement Rose-Mary? Avait-elle vu quelque chose de précis, connaissait-elle les détails du drame vécu par Ingrid? Continuer à vivre avec de tels risques lui parut insupportable. L'assassin se rendit donc chez Rose-Mary pour s'entretenir avec elle. La vieille dame avait son caractère; elle ne prit pas peur et ne se démonta pas. Sans doute osa-t-elle affirmer qu'elle détenait des documents mettant en cause le violeur; la discussion prit un tour animé, s'envenima, devint violente. Comment une vieille femme de quatre-vingt-douze ans aurait-elle pu résister à un agresseur beaucoup plus jeune? De plus, ce crime était prémédité. Qu'elle eût parlé ou non, Rose-Mary était condamnée à mort. La preuve : le sabot de renne sculpté. Si le visiteur n'avait pas eu l'intention de tuer, il se serait, dans sa colère, emparé de n'importe quel objet; en se munissant de celui-là, il affichait ses intentions. Cet assassin a commis une énorme erreur qui nous permettra de l'identifier : il a oublié qu'il était gaucher. Le rapport de l'identité judiciaire est formel. Je peux donc écarter Irina Smith qui a écrit de la main droite, en état de transe, le dernier testament de Sir Timothy.

— Ellc a peut-être triché! objecta maître Barrymore.

— Non, maître. Je l'ai observée à plusieurs reprises; elle est bien droitière, comme vous. De ce crime-là, vous êtes innocent.

Le *solicitor* émit un soupir de soulagement.

— Moi aussi, précisa Robin Warrant avec exaltation, je suis droitier!

— Exact, reconnut l'ex-inspecteur-chef. Demeurent en cause trois suspects.

Chacun compta les personnes présentes ; le superintendant n'en voyait que deux. A moins que Higgins... ne comptât Scott Marlow parmi les gauchers !

— Première suspecte, Ingrid elle-même.

— La... fiancée de Sir Timothy ? interrogea maître Barrymore, stupéfait.

— Rose-Mary m'a appris qu'elle était gauchère ; cet unique défaut incommodait la fidèle domestique. Elle y voyait une sorte d'héritage diabolique. De plus, l'arme du crime évoque incontestablement la Suède.

— Mais... Ingrid est morte !

— Ne croyez-vous pas aux spectres qui reviennent sur terre pour se venger ?

— Bien sûr que si, intervint Irina Smith ; mais pourquoi le fantôme d'Ingrid aurait-il assassiné Rose-Mary qui l'avait bien accueillie et protégée ?

— Excellente remarque, apprécia Higgins. Nous pouvons donc écarter Ingrid.

Scott Marlow était atterré ; son collègue retombant dans des tendances mystiques et fumeuses en contradiction avec la démarche raisonnable d'une police scientifique. Négligeant le trouble semé par ses propos, l'ex-inspecteur-chef consulta ses notes et s'approcha du prêtre défroqué.

— En prenant commande des œuvres de Swedenborg, monsieur Rodson, vous avez écrit de la main gauche.

— Je suis gaucher, c'est un fait, mais...

— Connaissiez-vous l'existence de Rose-Mary ?

— J'en avais entendu parler mais nous n'avons eu aucun contact, je vous le jure !

— Vous me permettrez d'accorder peu de valeur à vos serments.

— Je n'aurais eu aucune raison de la tuer! Aucune!

Higgins opina du chef.

— Difficile de prétendre le contraire.

L'ex-inspecteur-chef se retourna. Avec beaucoup d'allure, Amanda Warrant s'était levée. Elle ôta ses lunettes à monture de nacre, remonta ses bracelets sur l'avant-bras et vérifia le bon ajustement de ses boucles d'oreilles.

— Par déduction, chère madame, je vous accuse du crime.

— Me croyez-vous capable d'un tel geste?

— Sans aucun doute.

— Pourquoi l'aurais-je commis?

— Pour sauver votre mari que vous aimez avec profondeur et sincérité. Malgré vos difficultés financières, vous formiez un couple uni; bien sûr, vous étiez trop fine pour ne pas souffrir de ses faiblesses. Mais vous ne pouviez soupçonner la vérité avant le début de cette enquête dont chaque étape fut pour vous un calvaire; peu à peu, le voile se levait sur la véritable personnalité de votre mari et sur son passé, à Black House. Malgré cela, vous n'avez pas cessé de l'aimer et vous avez même décidé de l'arracher à la justice. La manière dont vous retournez les accusations contre maître Barrymore est un modèle du genre.

— J'en suis assez fière; cette crapule n'échappera pas au châtiment.

Le *solicitor* se leva, avec l'intention bien marquée de corriger cette mijaurée; mais son déplacement, trop lent, fut interrompu par un cliquetis de menottes qui se refermèrent sur ses poignets.

— Grâce à ces objets réglementaires, déclara Scott Marlow en arborant un franc sourire, vous vous tiendrez tranquille.

Amanda Warrant, détendue, trônait au milieu du salon des ancêtres comme une maîtresse de maison ravie de recevoir des hôtes de marque.

— Est-ce votre mari qui a prononcé devant vous le nom de Rose-Mary?

— Oui, c'est moi, lors d'un dîner, affirma tranquillement Robin Warrant avec un étrange rictus.

— Qu'est-ce que tu dis? s'étonna-t-elle.

— La vérité, ma chérie : l'inspecteur la réclame... Bien entendu, je ne pensais pas que mes confidences sur cette pauvre Rose-Mary t'entraîneraient à devenir une criminelle.

Une rage froide fit tressaillir Amanda Warrant.

— Monstre! Tu t'es servi de moi...

— D'aucune manière, chérie. Tu as tout conçu et tout décidé toi-même; je suis prêt à le jurer devant un tribunal. Jamais je ne t'ai suggéré d'assassiner Rose-Mary.

Amanda Warrant s'effondra; en s'asseyant, elle ôta ses lourdes boucles d'oreilles.

— C'est vrai, inspecteur. Il ne m'a rien suggéré, rien...

— Comment vous a accueillie Rose-Mary?

— Très mal. C'était une véritable mégère; lorsque j'ai décliné mon identité, elle s'est moquée de moi, m'a accusée d'être une traînée et m'a promis de m'envoyer sous les verrous avec mon mari. « Jamais Black House ne vous appartiendra », a-t-elle prédit ; elle détenait un document qui mettait fin à nos prétentions.

— Et vous l'avez crue ?

— Il y avait tant de conviction dans sa voix... et mon mari m'avait laissé entendre que cette Rose-Mary savait tout sur tout le monde, donc sur lui...

— Rectification, corrigea Robin Warrant, de nouveau aussi pondéré qu'un homme d'affaires étudiant un contrat ; je n'ai nullement tiré cette conclusion. Il s'agit d'une interprétation très personnelle d'Amanda.

L'épouse du gentleman-farmer chancelait sous les coups ; le bonheur patiemment construit au fil des ans s'écroulait comme un château de cartes.

— Votre altercation fut très brève, supposa Higgins.

— Quelques minutes, en effet. Elle m'a mise en colère, je l'avoue ; je l'ai menacée, injuriée... j'avais perdu tout contrôle de moi-même. Fait incroyable, elle a quitté sa chaise et m'a agressée ; je me suis défendue. Je l'ai frappée, par hasard... Un acte de légitime défense, inspecteur !

La panique d'Amanda Warrant eût été presque émouvante si elle ne s'était rendue coupable d'un meurtre abominable.

— Ce n'est guère vraisemblable, estima Higgins ; d'une part, vous avez pris le temps de fouiller la masure de fond en comble à la recherche de ce fameux document ; d'autre part, l'arme du crime est une preuve de préméditation.

— Je vous jure que non ! Jamais auparavant je n'avais vu cet objet... c'est sur le trajet que j'ai constaté sa présence dans mon sac à main ; quand

Rose-Mary m'a agressée, je l'ai empoigné machinalement, afin de me défendre. Je ne supposais pas que... Mais qui, qui a pu le placer là?

Un sourire satisfait flotta sur les lèvres de Robin Warrant.

CHAPITRE XXXIX

Amanda Warrant se rua sur son mari avec une violence et une rapidité qui prirent Marlow au dépourvu ; elle lui arracha son épingle de cravate et tenta de l'éborgner ; la rixe n'eut d'autre conséquence qu'une éraflure et une série de glapissements émis par le gentleman-farmer.

— C'est une folle ! Arrêtez-la !

Scott Marlow parvint à immobiliser la femme à la chevelure blond vénitien à présent désordonnée.

— Je vous prie de garder votre sang-froid, demanda Higgins avec douceur ; nous n'en avons pas terminé.

Hagarde, sanglotante, brisée au plus profond d'elle-même, la criminelle s'affala dans son fauteuil, sous l'œil vigilant de Scott Marlow.

— Comment ça, nous n'en avons pas terminé ? s'étonna Robin Warrant. Tout est fini, au contraire ! Vous tenez un assassin et deux maîtres chanteurs. Quant à moi, je nie toute responsabilité dans le suicide d'Ingrid ; j'ai effectivement tenté de lui venir en aide. Le vrai coupable, c'est Sir Timothy. En faisant de moi son héritier, il a reconnu sa faute et mes mérites. A présent, Black House m'appartient; j'en prendrai soin, soyez-en sûr!

Marlow jugea stupéfiant l'aplomb du nouveau maître des lieux mais ne trouva aucun argument à lui opposer.

— N'oublieriez-vous pas le second cadavre de la chambre noire? demanda Higgins.

— C'est une histoire rocambolesque qui ne me concerne pas.

— Et si Ingrid, cette Ingrid que vous avez si bien connue, était restée momifiée de nombreuses années dans l'espoir d'obtenir réparation des injustices?

— On s'égare, jugea maître Barrymore; la petite a été enterrée dans le parc de Black House. Toute la région était au courant.

Robin Warrant desserra son col de chemise; il respirait mieux.

— Excellent rappel, maître; cette jeune fille était une seconde Ingrid.

— Qu'est-ce que ça signifie?

— Sir Timothy n'a pas supporté la disparition de sa fiancée; avec elle, il avait trouvé l'impossible bonheur dont il rêvait. Sans elle, l'existence perdait tout son sel. Voulant vaincre la mort, il est parti chaque année, pour la Suède avec l'espoir de retrouver son ombre. Le miracle s'est produit : il a fini par rencontrer une jeune femme blonde, le sosie d'Ingrid, sa réincarnation! Imaginez sa réaction et sa fièvre... il a réussi à convaincre la belle Suédoise de venir en Angleterre afin de découvrir son domaine. L'existence de cette seconde Ingrid, qui la connaissait? Pas Rose-Mary, qui n'aurait pas accepté une remplaçante de *son* Ingrid ; Sir Timothy, après l'avoir renvoyée, était certain de garder son secret et de préserver le bonheur retrouvé. Un témoignage m'a aidé à comprendre ; lorsqu'il est revenu de son dernier voyage en Scandinavie, le triste Sir Timothy était devenu un homme joyeux qui avait mis fin à son errance. Pour la première fois depuis la disparition d'Ingrid, il reprenait goût à la vie. La cause de cette métamorphose, c'était l'arrivée de cette seconde Ingrid, capable d'effacer d'un sourire tant d'années de désespoir.

— Sacré Timothy, commenta maître Barrymore... une belle récompense pour un bel acharnement !

— Mais quelqu'un fut assez cruel pour supprimer cette seconde Ingrid... lequel d'entre vous avouera son crime ?

Les regards convergèrent vers l'ex-inspecteur-chef mais aucune bouche ne s'ouvrit. Higgins tourna quelques pages de son carnet noir.

— Grâce au ciel, nous disposons de quelques indices.

Scott Marlow se demandait comment son collègue allait s'y prendre pour identifier l'assassin d'une jeune femme dont la mort avait été reconnue naturelle par les spécialistes ; de plus, il s'inquiétait chaque seconde davantage pour les corgies de la reine. La position de Robin Warrant, même s'il s'affichait comme un ignoble individu, renforçait ses droits d'héritier ; les avocats de la Couronne avaient fort à faire et le superintendant ne pourrait pas leur fournir d'arguments décisifs. Bref, cette enquête prenait une mauvaise tournure. Higgins, semblant indifférent au désastre, poursuivit sa démonstration.

— La coupe de vin, rappela l'ex-inspecteur-chef, ne m'a pas longtemps intrigué. Grâce à un billet anonyme, j'ai vérifié que le grand cru provenait de la cave de la Swedenborg Society... anonymat d'ailleurs facile à percer. N'est-ce pas votre avis, maître Barrymore?

Le *solicitor* se moucha bruyamment.

— Aucun avis.

— Vous vous êtes pourtant affolé, à la suite de notre premier entretien, et vous avez dénoncé votre ami Rodson afin de vous dédouaner.

— Rodson n'a jamais été mon ami!

— Cessons de mentir, proposa l'ancien curé d'une voix basse. Tu me déçois beaucoup, Barrymore, je ne t'avais demandé qu'un peu de discrétion et tu me trahis à la première occasion.

— Trahir, trahir... de bien grands mots pour si peu de chose! Tu aimes le vin, et après? Scotland Yard ne t'arrêtera pas pour ça.

— Irina Smith, précisa Higgins, a reconnu qu'elle avait apporté ce vin dans la chambre noire afin d'attirer le génie du bien. Monsieur Warrant, vous possédiez bien des pieds tournants?

— Oui, inspecteur. Sir Timothy me les avait offerts; je les ai laissés à Black House et les ai bien regrettés.

— Autre énigme éclaircie... c'est également un message de l'au-delà qui a conduit Mlle Smith à déposer ces chaussures dans la chambre noire; elles nous ramènent d'ailleurs à la Swedenborg Society et à son gérant; ne les avez-vous pas dérobées à

Black House, monsieur Rodson, lorsque vous avez accompagné votre compagne afin de la protéger et, surtout, de la surveiller ?

— L'important, inspecteur, est de les avoir rendues pour respecter la voix des anges ; ma petite faute était ainsi réparée. Comment résister aux exigences d'une âme morte s'exprimant par la voyance d'Irina ? Puisque la seconde Ingrid désirait avoir ces objets auprès d'elle, nous lui avons obéi.

Scott Marlow perdait contenance ; ce couple de déments s'enfermait dans une folie que Higgins considérait avec beaucoup trop de prévenance.

— J'ai eu un espoir avec le chapeau, avoua Higgins. Non seulement, il seyait parfaitement à M. Rodson mais encore il portait une tache de sang dissimulée sous de l'encre ; on aurait pu supposer que le suspect voulait occulter un crime. Hypothèse erronée : il ne s'agissait que du sang d'un animal, celui du corgy préféré de Sir Timothy. Si Irina a su trouver cet objet dans Black House, c'est en raison de ses capacités de voyance et afin d'éloigner les mauvais esprits de la chambre mortuaire où reposait la seconde Ingrid.

— Écoutez bien les paroles de l'inspecteur, dit Irina Smith avec gravité ; il a décrit mon chemin avec la plus grande exactitude. Moi seule suis entrée dans la chambre noire, moi seule ai déposé les objets évoqués. Hélas, je n'ai pas percé le mystère de cet endroit ; mon seul rôle fut de mettre en place ce modeste rituel afin d'écarter le tumulte et de favoriser la paix éternelle.

La jeune femme semblait transportée par son propre discours ; Marlow lui-même fut impressionné. La voyante paraissait sincère et son ardeur était si communicative que les certitudes du superintendant vacillèrent.

Un bruit sec l'arracha à ses méditations ; Higgins venait de refermer son carnet noir. Surpris, Marlow attendit que son collègue donnât le nom du coupable.

— Quelqu'un reconnaît-il avoir assassiné la seconde Ingrid ? demanda Higgins, presque timide.

Seul le silence lui répondit.

— C'est bien ce que je craignais, déplora-t-il. Je n'ai aucune solution à proposer à cette énigme ; les services techniques de Scotland Yard avaient raison : mort naturelle. « Énigme » est sans doute un mot inexact puisque Irina Smith nous a expliqué la présence des indices énigmatiques dans la chambre noire.

La voyante se leva. Cary Rodson l'agrippa par le bras.

— Lâche-moi, ordonna-t-elle. Nos routes se séparent ici ; je te remercie pour l'affection que tu m'as donnée mais je préfère reprendre ma liberté.

Elle traversa le salon des ancêtres d'un pas solennel ; ses yeux noisette adressèrent un ultime regard de reconnaissance à l'ex-inspecteur-chef et elle s'engouffra dans l'enfilade des pièces qui menait vers le monde extérieur.

— Je l'imite, décida maître Barrymore.

— Hors de question, intervint le superintendant. Des voitures de police nous attendent.

Sous la conduite de Marlow, le notaire, Amanda Warrant et Cary Rodson quittèrent à leur tour la vaste pièce à la gloire des Robbins ; ne restèrent que Robin Warrant et Higgins.

— Comptez-vous réellement occuper cette demeure, monsieur Warrant ?

— Quelle étrange question ! C'est l'évidence même.

— Méfiez-vous des évidences, recommanda Higgins ; elles se révèlent parfois impitoyables.

— Expliquez-vous.

— Votre destin le fera mieux que moi.

Robin Warrant haussa les épaules ; cet inspecteur, déçu, tentait de l'angoisser sans aucune raison sérieuse.

CHAPITRE XL

Scott Marlow était morose. Que le printemps ressemblât à l'hiver ne le chagrinait pas; en revanche, l'interminable affaire de Black House le rendait amer. Certes, les coupables identifiés par Higgins seraient emprisonnés et condamnés; mais le misérable Robin Warrant demeurait maître des lieux et, avec une solide chance de succès, livrait une furieuse bataille juridique aux avocats des corgies de la reine. Ni la morale ni la grandeur de l'Angleterre ne trouvaient leur compte dans cette lamentable issue.

Le plus insolite restait le comportement de Higgins; jamais Marlow n'avait vu l'ex-inspecteur-chef conclure une enquête de manière aussi lamentable. Bien sûr, il avait découvert l'assassin de la vieille domestique mais, à dire vrai, n'importe quel inspecteur y serait parvenu, tant la tâche était aisée.

Pendant que la justice suivait son cours, on repeignait les bureaux du Yard; la plupart des occupants étaient fort mécontents de la couleur choisie et de l'odeur persistante qui se dégageait. Les plaintes s'accumulaient. Comme le superintendant avait été désigné comme coordonnateur, il lui revenait le soin d'apaiser ses collègues ; c'est pourquoi, accablé de travail, il ne prêta pas tout de suite attention à une note urgente. Quand il eut déblayé une pile de récriminations, il finit par la lire.

Son sang ne fit qu'un tour.

Abandonnant le Yard à ses soucis de peinture, il bondit dans sa Bentley. Obéissante et compréhensive, elle démarra et ne connut aucun ennui mécanique sur le chemin qui conduisait à la demeure de Higgins.

Le bruit du moteur semblait incongru au cœur du calme presque parfait imprégnant The Slaughterers ; à l'exception de quelques oiseaux et du froissement des feuilles sous le vent, rien ne troublait la sérénité de l'endroit. L'espace d'une seconde, Marlow comprit pourquoi Higgins avait quitté un cadre parfois étouffant pour reprendre contact avec la mère nature.

L'ex-inspecteur-chef vint ouvrir le portail ; vêtu d'un tablier de jardinier, d'un pantalon de toile bleue et d'une chemise à carreaux, il avait l'allure d'un père tranquille, uniquement soucieux d'entretenir sa pelouse et de faire croître d'admirables roses avec lesquelles il dialoguait au crépuscule, lorsque la folie des hommes se dissolvait dans la nuit montante.

— Une nouvelle incroyable, Higgins !

— Robin Warrant est mort, je sais.

— Mais comment...

— Le *Times* de ce matin parle d'un incendie à Black House et de circonstances étranges. Le nouveau propriétaire se trouvait dans une salle remplie d'armures et sans cheminée où s'est déclaré un feu d'une violence inouïe que les pompiers, pourtant aidés par une pluie battante, ont eu beaucoup de peine à éteindre, bien qu'il ne se fût pas étendu au reste de la demeure. Ils ont retrouvé le corps de Robin Warrant carbonisé, et le chef de l'escouade a immédiatement formulé l'hypothèse d'un acte criminel.

— C'est bien cela, en effet. Le Yard enquête et recueille le moindre indice... vous vous rendez compte, Higgins ? Certains vont accuser la Couronne d'avoir allumé cet incendie pour récupérer Black House et ses trésors ! Un véritable cataclysme qui pourrait balayer le pays entier et le renvoyer à la barbarie... L'Angleterre sans reine ! Imaginez-vous cette apocalypse ?

— Je m'y refuse, mon cher Marlow, puisqu'il existe un moyen d'y échapper.

Le superintendant se sentit revivre.

— Lequel ?

— Que la Couronne renonce définitivement à Black House et qu'elle se souvienne de la prophétie : « Hélas ! Je vois la ruine de ma maison ! Le tigre vient de saisir la douce biche. L'insultante tyrannie commence à empiéter sur le trône innocent et désarmé. Salut, destruction, meurtre, massacre ! Je vois la fin du monde tracé comme une carte ![1] »

Impressionné, Scott Marlow se sentit pris dans les mâchoires d'un étau.

— La Couronne ne peut pas se déjuger et se ridiculiser.

1. La reine Élisabeth, dans *Richard III* de Shakespeare, acte II, scène IV.

— C'est une question de vie ou de mort, superintendant, elle n'a pas le choix.

Higgins avait parfois un comportement bizarre mais il ne menaçait jamais à la légère ; pour l'avenir de son pays, Marlow devait prendre l'initiative.

— Accepteriez-vous de rencontrer l'avocat principal qui traite cette affaire ?

Le superintendant retint son souffle ; à cause d'un rosier malade, Higgins pouvait refuser. Lorsqu'il ôta son tablier de jardinier sans mot dire, Marlow sut que son collègue n'abandonnait pas la reine.

Participant à cette opération sauvetage, la vieille Bentley puisa d'ultimes accélérations dans sa mécanique fatiguée.

***

Higgins fut reçu dans un immense bureau surchargé de meubles en acajou massif, de souvenirs de la Compagnie des Indes et de portraits de la famille royale. L'avocat principal, chargé de défendre les droits de la Couronne, était un petit homme sec, très pâle, à la chevelure argentée.

Il regarda l'ex-inspecteur-chef avec suspicion et lui posa immédiatement la question de confiance.

— Oxford ?

— Désolé, Sir, Cambridge.

— Moi aussi. Nous pouvons donc nous asseoir et discuter ; vous auriez d'incroyables propositions à me soumettre.

— Oubliez Black House et sauvez la Couronne d'un désastre.

— Vous oubliez vous-même les corgies de Sa

Majesté ; cette demeure leur a été promise, cette demeure doit leur revenir. La mort du spoliateur, décidée par le ciel, nous laisse le champ libre.

L'avocat s'exprimait sur le ton sentencieux de ces hommes chargés d'honneurs qui oublient que les lois ont un esprit préférable à la lettre.

— En effet, Sir. Le champ libre pour déclencher la colère du ciel ; cette fois, l'incendie ne tuera pas un être malfaisant comme ce M. Warrant mais le premier corgy qui osera franchir le seuil de Black House.

— Un corgy royal assassiné ? Vous voulez rire... ce n'est pas un simple inspecteur du Yard qui va prédire l'avenir !

Higgins s'amusa en songeant à ses quartiers de noblesse, dûment occultés, qui dépassaient en qualité et en tradition ceux du lord compassé auquel il s'adressait ; l'heure était trop grave pour jouter sur des terrains annexes.

— En l'occurrence, si. Non seulement la catastrophe se produira mais encore vous en serez jugé responsable... or la reine tient beaucoup à ses corgies.

L'avocat principal fut troublé. L'homme à la moustache poivre et sel et aux yeux très vifs ne plaisantait pas ; son dossier plaidait pour lui. On appréciait en très haut lieu les services qu'il avait déjà rendus et sa réputation n'était plus à établir.

— Je pourrais... reconsidérer ma position ; mais il me faudrait un élément concret.

— C'est bien naturel ; seule votre aide peut me permettre de vous le fournir.

— Elle vous est acquise !

— Ordonnez l'ouverture de la tombe du corgy préféré de Sir Timothy, parent des corgies royaux, et du tombeau de sa fiancée Ingrid.

CHAPITRE XLI

Le bulletin de la météorologie avait annoncé du soleil, un temps calme et une température douce. Quand Higgins, Marlow et les services spécialisés du Yard arrivèrent à Black House, il pleuvait. Un vent glacial balayait le domaine de feu Timothy Robbins et faisait se ployer les branches des arbres.

— La Couronne a-t-elle renoncé ? s'enquit Marlow.

— Elle renoncera, à condition qu'un fait nouveau classe Black House dans la catégorie des domaines inacceptables.

— Les événements passés ne suffisent pas ?

— L'avocat principal désire du neuf.

— Du neuf ! Qu'est-ce que ça signifie ?

— Nous devrions le savoir bientôt.

Énigmatique, Higgins était aussi très concentré, à la manière d'un athlète s'apprêtant à accomplir un exploit. Scott Marlow ne lui avait pas caché son pessimisme ; comment l'examen de deux cadavres mettrait-il la Couronne hors de danger ?

Higgins trouva sans peine la roseraie abandonnée qui, en des temps lointains, avait dû être une splendeur, mêlant des massifs et des rosiers grimpants. Abandonné, l'endroit semblait perdu dans une tristesse profonde que rien ni personne ne dissiperait. La sépulture du chien était signalée par une petite plaque de marbre portant une inscription : « A toi, ami, compagnon et confident. »

Le portrait de l'animal, gravé au ciseau, ne laissait aucun doute sur son identité ; c'était un magnifique corgy.

— Creusez, ordonna Higgins aux fossoyeurs.

Ceux-ci ne tardèrent pas à mettre au jour un cercueil en bois précieux, orné de poignées en argent massif. Ils l'ouvrirent avec la crainte respectueuse qui préside à toute exhumation. A l'intérieur, des ossements.

Soudain un hurlement déchirant saisit d'effroi tous les participants à ce rite funèbre ; Scott Marlow frissonnant tendit l'oreille.

— Quelle plainte terrible... on jurerait un chien qui hurle à la mort !

— Un fantôme de chien, précisa Higgins. Depuis combien d'années gémit-il ainsi ?

— Refermez vite ce cercueil, ordonna Marlow. Êtes-vous satisfait ?

— Passons à l'étape suivante, exigea l'ex-inspecteur-chef.

Higgins, Marlow et les fossoyeurs s'éloignèrent de la roseraie abandonnée après avoir inhumé à nouveau le fidèle compagnon de Sir Timothy. Ils longèrent un petit bois peuplé d'arbres morts et passèrent derrière la maison pour découvrir un vieux chêne solitaire. C'était donc au pied de cet arbre ténébreux, aux branchages grinçants, que reposait la fiancée de l'aristocrate disparu quoique rien ne signalât sa tombe.

Deux heures d'efforts furent nécessaires pour découvrir enfin un cercueil en sapin. A la tête, une plaque vissée et rouillée où l'on pouvait à peine déchiffrer le nom « Ingrid Larsen ».

Au moment où le couvercle fut ôté, Scott Marlow ferma les yeux; ce genre de spectacle le mettait mal à l'aise.

— Qu'en pensez-vous, superintendant?

La question de Higgins le surprit. Obligé d'observer, il constata avec effarement que le cercueil était vide.

— Enfin, Higgins... le cadavre...

— C'est exactement ce que je craignais. Voilà pourquoi la Couronne doit abandonner cet héritage.

— Comment expliquez-vous ce nouveau mystère?

— J'entrevois la solution depuis que j'ai posé le pied dans cette maison mais je n'y croyais pas moi-même. Entrons, mon cher Marlow, et offrons-nous un remontant.

Les deux hommes s'installèrent dans le salon des ancêtres après avoir examiné la salle des armures où Robin Warrant avait péri dans l'incendie qui, bizarrement, ne s'était pas propagé hors de cet endroit précis.

Higgins testa un whisky écossais convenable et en servit un grand verre à Marlow dont la raison allait être mise à rude épreuve; le superintendant apprécia ce remède préventif et se chauffa les mains au feu de bois qu'avait allumé l'ex-inspecteur-chef.

— Voilà bien l'une des plus incroyables énigmes de ma carrière, confessa Higgins ; parmi les nombreux êtres maléfiques que j'ai dû combattre, celui-ci restera l'un des plus extraordinaires.

— De qui parlez-vous ?

— Je vais y venir, mais quelques explications sont nécessaires pour vous préparer à la vérité ; elle ne sera pas de votre goût, mon cher Marlow.

— Si elle sauve l'honneur de la Couronne, je l'accepterai.

— De ce côté-là, soyez rassuré.

— L'avocat principal, avec l'accord des corgies de Sa Majesté, a publié un communiqué dans la presse selon lequel Black House, en raison des scandales passés, ne pourrait probablement pas être intégrée dans le domaine ; de l'enquête en cours dépendra la suppression de ce « probablement » et sa transformation en « certainement », ou bien la rédaction d'un nouveau communiqué.

— La situation va évoluer rapidement, prédit Higgins ; la Couronne se félicitera bientôt de sa prudence.

— Qu'entendez-vous par « bientôt » ?

— Cette nuit même.

— Vous comptez rester ici ?

— En votre compagnie, mon cher Marlow. C'est ici, à partir de minuit, que je commencerai à vous dire toute la vérité sur le mystère de la chambre noire et que l'assassin se manifestera.

Marlow frissonna ; Higgins n'avait pas l'air de plaisanter.

— Ne devrions-nous pas rechercher le cadavre de cette Ingrid ?

— Le domaine est trop vaste.

— Pourquoi minuit?

— Question de tradition, mon cher Marlow; n'est-ce pas l'heure du crime? A présent, je vous conseille de dormir un peu au coin du feu. Il n'y a rien de meilleur pour garder les idées claires et se préparer au combat.

Malgré les recommandations de Higgins, Marlow ne parvint pas à s'assoupir; l'ex-inspecteur-chef plongea sans peine dans un profond sommeil. A l'aide du whisky, le superintendant tenta de mettre un peu d'ordre dans ses pensées; certes, la sauvegarde de la Couronne le rassurait, mais il ressentait un danger presque palpable. La vieille demeure gémissait et grinçait, il crut même que l'armure bougeait, animée de quelque esprit malin.

Quand Higgins se réveilla enfin, peu avant minuit, il s'aperçut que son collègue avait allumé toutes les bougies afin de faire reculer les ténèbres.

— Je vous écoute, Higgins.

— Les circonstances me paraissent favorables, mon cher Marlow. Je ne vous cacherai pas, cependant, que nous courons un très grand risque; si vous entendez un bruit suspect, n'hésitez pas à m'interrompre, il y va de notre existence.

CHAPITRE XLII

— Ne pourrions-nous converser ailleurs? suggéra le superintendant.

— Hélas, non. C'est ici et nulle part ailleurs que nous débusquerons le coupable; méfions-nous de sa très violente réaction.

— Je suis armé.

— Précaution inutile dans le cas présent.

— Si vous étiez moins mystérieux, Higgins?

— Je vais essayer. L'œuvre de Swedenborg fut une précieuse auxiliaire, car toute cette affaire repose sur l'impossibilité d'assouvir un amour conjugal considéré comme la raison première de vivre... et de mourir. Cet amour exaltant fut celui que connurent la première Ingrid et Sir Timothy. Abusée et violée par Robin Warrant, elle s'est suicidée dans cette chambre noire où le malheur s'était emparé d'elle. Son fiancé ne l'a jamais oubliée mais a cru la retrouver dans une autre Suédoise, son sosie, qui accepta d'épouser un vieil Anglais fortuné. Était-elle sincère ou entrevoyait-elle un brillant et rapide héritage? Nous ne le saurons jamais. Sir Timothy, lui, revivait son amour de jeunesse ; aussi cacha-t-il ce bonheur avec la plus grande jalousie. Rose-Mary, retraitée, ne vivait plus à Black House ; solitaire, sans amis ni relations proches, l'aristocrate parvint à dissimuler l'existence de cette seconde Ingrid dont il comptait bien faire son épouse. Avant de la ramener en Angleterre, il avait rédigé ce fameux testament en faveur des corgies de la reine car personne d'autre ne lui semblait digne de Black House ; ce document devint caduc lors de son mariage et il légua tous ses biens à la seconde Ingrid. La situation n'évolua pas du tout comme il le souhaitait ; bien qu'elle apparût heureuse, la jeune femme commença à dépérir. Sir Timothy la retrouva morte dans la chambre noire, à l'endroit précis où la première Ingrid s'était suicidée.

— Mais enfin, Higgins ! On jurerait que vous avez assisté à la scène !

Un craquement sinistre répondit à Scott Marlow ; il fut persuadé que le plafond se fendait en deux et que les poutres allaient lui tomber sur la tête.

L'ex-inspecteur-chef se leva et examina l'une d'entre elles.

— Regardez cette fente transversale, superintendant : elle me prouve que j'avance sur le bon chemin. Venez près de la porte de ce salon ; un minimum de prudence s'impose.

— Vous n'affirmeriez quand même pas que...

— ... le criminel est Black House elle-même ? Bien sûr que si. Sir Timothy, à la mort de la seconde Ingrid, comprit que son domaine était hanté. Aussi tenta-t-il d'apaiser le fantôme de la première Ingrid en vêtant de sa robe de mariée la seconde, exposée dans la chambre noire comme une victime expiatoire. Il y plaça aussi la photographie, le représentant aux côtés de sa première fiancée à qui il prouvait qu'il l'aimait toujours. Quant aux autres objets, c'est une vraie voyante, Irina Smith, qui en perçut la nécessité ; manipulée par Cary Rodson, effectivement soucieux de faire chanter davantage le violeur, elle ne s'occupa guère des trésors de cette demeure mais entra en contact avec l'âme de la disparue et tenta, à sa manière, de l'apaiser.

— C'est complètement invraisemblable ! protesta Marlow.

Une interminable langue de feu jaillit de la cheminée ; elle atteignit les fauteuils qu'occupaient quelques instants plus tôt Higgins et Marlow, et les embrasa aussitôt. L'incendie se répandit à une vitesse fulgurante dans le salon des ancêtres.

— Ne perdons plus un instant, recommanda Higgins. Black House a été démasquée et elle n'a pas l'intention de nous épargner.

Les deux policiers coururent, empruntant aussi vite que possible l'enfilade de pièces qui menait vers l'extérieur ; Higgins, un peu gêné par son arthrose aux genoux, s'assura que Scott Marlow, handicapé par son embonpoint, ne perdait pas le rythme. Essoufflés, ils s'arrêtèrent au milieu du parcours. Le feu ne les poursuivait pas.

— J'ai horreur de terminer une enquête dans la précipitation, mais nous n'avons guère le choix.

— La mort de Sir Timothy, avança Marlow en réfléchissant à haute voix, serait donc également un crime ? C'est cette maudite demeure qui l'a contraint à monter en haut de la plus haute tour, à l'endroit où la foudre s'est abattue et où il a été emporté par une main de feu.

— Exact, car Black House, c'est l'âme d'Ingrid. La morte est devenue cette maison. Elle ne tolère plus d'autre présence qu'elle-même ; c'est pourquoi, ivre de vengeance, elle a tué la seconde Ingrid dont elle était jalouse, Sir Timothy coupable de l'avoir trahie et...

Une flamme sortant du mur interrompit Higgins ; la chevelure légèrement roussie, les deux hommes reprirent leur course, talonnés par un feu dévorant. Black House, à l'agonie, tentait de les anéantir ; le sol éclatait, le plafond se fissurait, les boiseries s'écartelaient. Scott Marlow enjamba une balustrade chancelante et tira Higgins par la main ; l'un et l'autre furent contraints de sortir de cet enfer par une fenêtre avant qu'un volet de bois ne s'écroulât sous la pression d'un vent furieux.

Comme s'ils s'échappaient d'un navire en train de sombrer, les deux policiers s'écartèrent au plus vite de l'immense brasier qui se nourrissait de ses matériaux ; d'inestimables trésors disparaissaient dans la fournaise qui illuminait les ténèbres environnantes.

Le superintendant s'essuya le front d'un revers de manche ; Higgins, très calme, ôta avec son mouchoir les cendres qui déshonoraient son blazer. Après cette épreuve, un sérieux nettoyage s'imposerait.

Fasciné, le superintendant regardait disparaître la demeure criminelle.

— Mais alors, le second testament...

— Sir Timothy avait fini par comprendre, précisa Higgins, à moins que Rose-Mary, réellement au courant, ne lui ait appris ce qui s'était passé. Quand il étendit le cadavre de la seconde Ingrid sur la table de marbre de la chambre noire, il connaissait les faits dramatiques qui avaient causé le suicide de la première Ingrid. Il sentit que lui aussi serait livré à la vindicte de cette fiancée bafouée. Il décida de se venger du responsable de ce drame de la manière la plus cruelle. En offrant Black House à Robin Warrant et en l'obligeant à l'habiter, il le condamnerait à mort ; mieux encore, il permettrait à Ingrid de châtier son violeur. Ainsi le cycle de la vengeance et de l'horreur serait-il accompli.

— Rose-Mary était-elle au courant de ce projet ?

— Je ne pense pas ; elle avait simplement reçu l'ordre de poster la lettre après le décès de Sir Timothy. Malheureusement pour elle, la vieille domestique s'est vantée de posséder un document prouvant la culpabilité de Robin Warrant. Elle n'a pu se retenir de provoquer l'épouse d'un homme qu'elle détestait et cette provocation lui a coûté la vie.

— Tout ça n'a aucun sens, protesta Marlow. Une défunte ne peut pas transformer une maison en arme mortelle !

— Vous l'avez vérifié vous-même.

— C'est un incendie accidentel... nous avons peut-être rapproché arbitrairement des faits indépendants, cédé à l'illusion.

— Je noterai les événements exacts sur mon carnet noir, même s'ils échappent à notre cadre rationnel.

— Moi, je refuse de sombrer dans des histoires de revenants, d'âmes vengeresses et de maisons hantées ; ce serait indigne d'un superintendant du Yard ! Fouillons les alentours de la maison et exhumons le cadavre de la première Ingrid : ce sera la preuve qu'elle n'est pas devenue Black House !

— Elle a ruiné le domaine entier, indiqua Higgins ; souvenez-vous de ces arbres malades, de l'herbe roussie, de la terre trop sèche. C'est Ingrid qui a momifié le corps de sa rivale pour déclencher une enquête, nous obliger à faire toute la lumière sur le passé et la délivrer enfin de sa souffrance.

Marlow, quoique perturbé par les allégations de son collègue, ne pouvait lui accorder crédit.

— Mieux vaudrait prévenir les pompiers ! Pourquoi attendons-nous la fin de ce désastre ?

— Parce qu'elle le veut ainsi.

Scott Marlow et Higgins, dans la nuit froide et venteuse, assistèrent à la fin de Black House. Dévoré par l'incendie dont la rapidité surprit le superintendant, l'étage supérieur s'effondra. Bientôt, la toiture fut comme anéantie. Au milieu d'un énorme amas de décombres fumants, seule émergeait la chambre noire que des murs épais protégeaient de l'assaut du feu.

Puis les murs explosèrent, et apparut une forme blanche que Scott Marlow refusa d'identifier ; les lueurs du brasier n'autorisaient pourtant aucun doute : il s'agissait bien du cadavre intact d'Ingrid dont le visage était déformé par un rictus où la haine se mêlait à la souffrance.

Les cheveux du superintendant se dressèrent sur

sa tête ; le plus courageux des hommes aurait tremblé de peur. Soudain, l'incendie se calma, peut-être vaincu par une pluie torrentielle.

— Voilà votre preuve, dit Higgins avec un calme incroyable.

Quand l'incendie fut éteint, l'ex-inspecteur-chef progressa à travers les décombres et s'approcha de la jeune femme.

— N'y allez pas ! cria Marlow épouvanté.

Le superintendant crut voir Higgins toucher l'épaule du cadavre qui tomba en poussière et se confondit avec les cendres.

— Une preuve qui n'existe plus, murmura-t-il pour lui-même.

***

Au moment où Higgins s'apprêtait à monter dans la Bentley, une femme s'approcha de la voiture. Marlow sursauta, redoutant une nouvelle apparition ; par bonheur il s'agissait d'une vivante, à peu près normale.

— Je voulais vous parler, inspecteur.

— Je vous écoute, mademoiselle Smith.

— La vie est un tissu de mystères ; parfois, nous croyons les déchiffrer, entendre la voix des anges, et nous nous trompons. Je me suis trompée ; aussi Swedenborg doit-il renoncer à devenir propriétaire de Black House.

— Excellente idée. En fin de compte, personne ne réclame cette maison et c'est beaucoup mieux ainsi.

— Inspecteur...

Les yeux noisette sourirent.

— J'ai bénéficié d'une voyance à votre sujet ; désirez-vous la connaître ?

— Étant donné votre don, je suis impatient.

— Vous avez devant vous un très bel avenir.

Composé par Euronumérique 92120 Montrouge
et achevé d'imprimer en mars 1995
sur les presses de la Société Nouvelle Firmin-Didot
à Mesnil-sur-l'Estrée (Eure)

- N° d'imprimeur : 30145 -
- N° d'éditeur : DSY 17 -
Dépôt légal : mars 1995

Imprimé en France